Die erste und letzte Liebe

Frieda Shan

FRIEDA SHAN &
NICK SACHSENHEIM
EDITIONS

Die erste und letzte Liebe

© 2025 Frieda Shan

Veröffentlicht von

FRIEDA SHAN &
NICK SACHSENHEIM
EDITIONS

ISBN 979-8-9931649-1-5
Covergestaltung: 100Covers
Innenlayout: Autorin.

Anmerkung der Autorin

Diese Geschichte wurzelt in der Wahrheit—nicht in den Einzelheiten, sondern im Gefühl. In jener Wahrheit, die man jahrelang leise mit sich trägt, bewahrt in Erinnerungen und vom Lauf der Zeit neu geformt.

Es ist eine Geschichte über die erste Liebe, eine Liebe, die dich unvorbereitet trifft, etwas in dir verschiebt—tief und unumkehrbar. Doch es ist ebenso eine Geschichte von Klarheit. Davon zu begreifen, worin der Unterschied liegt zwischen begehrt zu werden und wirklich gesehen zu werden. Zwischen Heimlichkeit und Vertrauen. Zwischen einer Liebe, die dich hinunterzieht, und einer, die an deiner Seite geht.

Manche Lieben bleiben nicht—aber sie verändern uns. Und wenn wir Glück haben, lehren uns die Geschichten, die sie hinterlassen, wie wir die Liebe wiedererkennen, die Bestand haben wird.

Danke, dass du meine liest.

— Frieda Shan

Einleitung

Ich betrachte mich als eine sehr glückliche Frau. Ich wurde zweimal zutiefst geliebt—von meiner ersten und von meiner letzten Liebe.

Als ich Marc traf, dachte ich, schon einmal geliebt worden zu sein. Ich dachte, ich wäre schon einmal verliebt gewesen. Ich lag falsch. Was ich gekannt hatte, war Zuneigung. Bindung. Sogar Verlangen, aber nicht das. Nicht die Art von Liebe, die sich so heftig in dein Gedächtnis einbrennt, dass Jahrzehnte später ein einziges Lied, ein bestimmter Duft, das Kratzen eines Feuerzeugs—und du bist wieder dort.

Es war der Sommer 1998. Ein Sommer, der mir alles gab und mir alles wieder nahm.

Dieser Sommer lehrte mich, was Liebe sein konnte. Wie berauschend. Wie zärtlich. Wie alles verzehrend. Und wie gefährlich. Dieser Sommer brach mir nicht nur das Herz. Er brach etwas Tieferes—etwas, dessen Zerbrechlichkeit ich nicht einmal gekannt hatte. Er hätte mich beinahe zerstört. Und doch würde ich ihn nicht eintauschen, denn er bereitete mich auch auf das vor, was danach kommen sollte: den Mann, der meine letzte Liebe werden würde. Denjenigen, der mich nicht als Mädchen inmitten meiner ersten Rebellion kannte, sondern als eine Frau, die bereits durchs Feuer gegangen war.

Das ist die Geschichte jenes Sommers.

Von Marc.

Von mir.

Von Liebe und Verlust, und davon, wie manche Dinge— egal wie sehr du davonläufst, oder wie viel Zeit vergeht— dich nie ganz verlassen.

Wenn du bereit bist, erzähle ich dir davon. Von der ersten und der letzten Liebe meines Lebens.

KAPITEL 1

Der Ort, der mich wählte

Februar 1997. Ich bin fünfundzwanzig und lasse die Sicherheit der Hauptstadt hinter mir. Viele nennen es leichtsinnig. Ich nenne es Freiheit—und am Ende fühlt sich Kuwait weniger wie eine Entscheidung an als wie ein Ort, der mich gewählt hat. Ich hätte mir leichtere, entspannendere Stationen aussuchen können. Doch ich wollte Hitze. Abstand. Ein Land, noch vom Krieg gezeichnet und doch voller Möglichkeiten. Im Außenministerium tauchen die Ausschreibungen neuer Dienstposten im Intranet auf—Einladungen, die ein Leben neu formen können, wenn man Ja sagt. Als Kuwait ausgeschrieben wurde, sagte ich zu.

Jetzt, mit einem Koffer, einer Aufgabe und einem Flugticket in der Hand, bin ich bereit, mich auf eine neue Reise zu begeben. Die Abflughalle des Flughafens in der Hauptstadt meines Heimatlandes riecht schwach nach schmelzendem Schnee und abgestandenem Kaffee. Draußen klammert sich der Winter noch an die Straßen, doch meine Gedanken wandern bereits zu Bildern von Küsten mit sandverhangenen Skylines, sonnenbeschienenen Gassen und dem Gefühl von Meeresluft auf meiner Haut. Ich bin der harten Winter und der endlosen dunklen Abenden überdrüssig geworden. Ich sehne mich nach Wärme, nach dem salzigen Duft des Meeres. Ich sehne mich nach einem Neuanfang. Noch weiß ich es nicht, aber dieser Auftrag wird mich verwandeln und ein klares Vorher und Nachher schaffen. Für den Moment bin ich einfach eine junge Frau, die in ein Flugzeug steigt—frei, offen für Möglichkeiten und leise davon überzeugt, dass die Zeit auf meiner Seite ist.

Die Diplomatie fühlt sich für mich wie Heimat an, mit ihren Formalitäten, unausgesprochenen Regeln und den Wegmarken des internationalen Lebens. Durch die Laufbahn meines Vaters als Diplomat spielte sich meine Kindheit von einer Botschaft zur nächsten ab; ich betrachtete die Welt durch die Fenster der Botschaften. Als also der Dienstposten in Kuwait ausgeschrieben wurde, fühlte es sich wie Schicksal an, ein vertrauter Rhythmus, der mich zurückrief. Doch unter all der Ordnung und Zeremonie lag der Schmerz ständiger Abschiede—neue Städte, neue Schulen, Freundschaften, die nie richtig Wurzeln schlagen konnten. Kaum begann ich, die Sprache, den Rhythmus und die Regeln eines Ortes zu verstehen, war es Zeit weiterzuziehen. Wieder. Ich war geübt im Loslassen, versiert in der Kunst des Neuanfangs. Es lehrte zweifellos Resilienz, hinterließ aber auch ein feines Gefühl der Entwurzelung, eine Traurigkeit, die nicht schreit, sondern sich im Lauf der Zeit anhäufte. Zwar zweifelte ich nie am Lebensstil an sich, doch die stille Last, die er mir auferlegte, erkannte ich damals noch nicht.

Ein neues Leben zu beginnen fühlt sich an, als würde man durch eine Tür ins Unbekannte schreiten. Und ich frage mich, wer ich sein werde, wenn ich zurückkehre. Verheiratet? Mit wem? Oder vielleicht noch ledig. Die Welt erscheint weit, unerforscht, voller Möglichkeiten, von denen ich nie zu träumen gewagt hätte. Dieser Gedanke erfüllt mich mit Aufregung: In meinem Alter, an diesem neuen Ort, scheint fast alles greifbar.

Als ich in Kuwait-Stadt aus dem Flugzeug steige, trifft mich die Wüstenluft—trocken, warm, dennoch seltsam reinigend. Kuwait wirkt im Vergleich zu meinen Erinnerungen gedämpft. Ich verließ das Land während der Invasion Iraks 1990 unter Umständen, über die ich selten spreche. Jetzt, sieben Jahre später, bin ich gespannt, was sich verändert hat. Unter allem aber—die breiten Straßen, die beigen und weißen Gebäude, das Schweigen dazwischen und das dumpfe Dröhnen der Klimaanlagen—fühlt sich alles genau gleich an.

Kuwait spricht viele Sprachen. Arabisch, Urdu, Tagalog, Englisch, Bengali—Stimmen, die sich auf den Straßen mischen wie feine Staubschichten. Was dieses kleine Land zusammenhält, ist Arbeit: Millionen Hände aus allen Ecken der Welt, die bauen, putzen, fahren, bedienen. Die Sprachen vereinen sich nicht so sehr, sie überlappen sich vielmehr, locker zusammengenäht aus reiner Notwendigkeit. Und doch ist es genau dieses Flickwerk, das Kuwait so unendlich faszinierend macht, ein Land, in dem sich die Welt versammelt, aufeinanderprallt und zugleich nebeneinander existiert an einem so ungewöhnlichen Ort.

Das Land ist ständig in Bewegung. Der Rhythmus der Migration durchdringt alles—unsere Ankünfte, unsere Aufbrüche und selbst die seltenen Momente des Bleibens. Die Autobahnen ruhen nie. Bei Tag und bei Nacht dröhnen sie vor Verkehr—riesige Spritschlucker und kleinere Autos wie meines, eingehüllt in den feinen Staub, der über der ganzen Stadt liegt. Es ist, als wäre das ganze Land ununterbrochen unterwegs, selbst wenn die Wege nur zu Einkaufszentren oder Moscheen führen.

In den folgenden Wochen finde ich mich in die Routine meiner neuen Stelle ein. Jeden Morgen melde ich mich in der Botschaft, einem zweistöckigen Gebäude mit sonnengebleichten Mauern, matt geworden durch Jahrzehnte von Hitze und Staub. Zu meinen Aufgaben gehört das Ausstellen von Visa, das Prüfen von Passverlängerungsunterlagen und das Beantworten der Fragen kuwaitischer Staatsbürger und Expats, die in mein Land reisen möchten. An meinem ersten Tag stellt mich mein Chef, ein gutgelaunter Mann Anfang fünfzig mit der Gabe, sich an kleine Details zu erinnern, bei Kaffee in der Kanzleiküche den Kollegen vor. Das sind die Kontakte—andere Diplomaten, ein paar lokale Angestellte aus Indien und Sri Lanka—die das lockere Netz meiner Anfangszeit bilden.

Meine neue Heimat ist eine kleine, aber gemütliche Wohnung im zweiten Stock des Botschaftsgebäudes, gefüllt mit bunten und liebgewonnenen Gegenständen aus der Heimat. Das leuchtend blaue Sofa und der sonnengelbe Sessel, die mit meinem Umzug hierhergekommen sind, heben sich vom gefliesten Boden ab, während die Regale voller geliebter Bücher der Wohnung eine persönliche Note verleihen. Der weitläufige Balkon, der bei der Hitze zwar kaum nutzbar ist, bietet Ausblick auf die Umgebung und gewährt einen flüchtigen Blick auf die ferne Küste, wo die Wüste auf den Golf trifft.

Wie die meisten westlichen Frauen hier benutze ich keine öffentlichen Verkehrsmittel. Allein die Hitze macht sie unerträglich, aber noch wichtiger: Kuwait funktioniert nach einer starren sozialen Hierarchie. Nicht jedem ist erlaubt, überhaupt einen Führerschein zu besitzen—das hängt vom Einkommen, der Staatsangehörigkeit, dem Beruf ab. Busse und Sammeltaxis sind denen vorbehalten, die ganz unten auf der Rangordnung stehen. Also kaufe ich mein erstes Auto—einen dunkelblauen Suzuki Swift mit beigen diplomatischen Nummernschildern—und gewinne damit Freiheit, oder zumindest die Illusion davon. In Wirklichkeit sind meine Möglichkeiten begrenzt: die entmilitarisierte Zone im Norden ist tabu, der Iran im Nordosten wirkt für Nicht-Muslime unfreundlich, und Saudi-Arabien im Süden und Westen ist für allein reisende Frauen geschlossen. Damals stellte ich das nie in Frage; ich akzeptierte die Grenzen, als gehörte das einfach dazu.

Während der Sommer näher rückt, klettern die Temperaturen jeden Tag nahe 48 Grad Celsius. Niemand flaniert an der Uferpromenade; stattdessen strömen die Autos zu den Einkaufszentren, den einzigen Orten, an denen die Klimaanlage einen die Wüste draußen vergessen lässt. Ich treibe mit dem Strom. Manchmal treffe ich Freunde in einem der glamourösen Einkaufszentren, öfter erledige ich meine Einkäufe allein. Hotel-Strandclubs und Pools bieten eine andere Art des Rückzugs, doch ihre hohen Preise machen sie zu einem seltenen Luxus.

Meine Tage fügen sich zu einer Abfolge: gestempelte Visa, Abendempfänge und ein bescheidener Freundeskreis—Polen, Deutsche, einige Kuwaitis. Doch die eigentliche Gemeinschaft, in der ich mich bewege, besteht aus uns Expats, Menschen auf Durchreise, die versuchen, sich irgendwo ein Zuhause zu bauen. Außerdem lerne ich langsam, wie ich die Hitze ertrage: mich ins Haus zurückziehen, dort Gesellschaft suchen, wo es geht, und zulassen, dass die Routine die scharfen Kanten der Einsamkeit abschwächt.

Unter den Menschen in meinem Umfeld ist ein älteres deutsches Ehepaar, das ich bei einem der informellen Treffen der Botschaft kennenlerne. Sie werden mir wie Ersatzeltern und laden mich zu Abendessen und Wochenendausflügen ein.

Sie zeigen mir, wo es das beste *Shawarma* mit Knoblauchsauce gibt, und führen mich durch die Basare der Stadt —Gänge voller Farben, Gerüche und Dinge, die niemand braucht und die man trotzdem nicht vergisst.

Bei einem dieser Ausflüge entdecken wir eine winzige Plastikfigur, versteckt zwischen Körben und Küchenutensilien: ein nackter Junge, nur mit einer roten Mütze bekleidet, sein Lächeln starr und schelmisch zugleich.

Meine Freunde heben ihn auf und ziehen vorsichtig an einem kleinen Hebel. Einen Moment lang passiert nichts — dann schießt ein feiner Wasserstrahl hervor, beschreibt einen glitzernden Bogen über die Theke und durchnässt eine Reihe leuchtend gelber Geschirrtücher.

Wir stehen einen Moment wie erstarrt, dann lösen wir uns in unkontrollierbares Gelächter auf. Tränen strömen, ein schallendes Gelächter, das man nicht unterdrücken kann, auch wenn es völlig unangebracht wirkt. Ein pinkelnder Junge in einem Land, in dem schon bloße Ellenbogen Blicke auf sich ziehen kann! Ein absurder, leicht skandalöser Moment — und genau deshalb vollkommen perfekt. Der Verkäufer kichert mit uns; er hat das wahrscheinlich schon gesehen. Vielleicht ist Absurdität eine universelle Sprache.

Ich kann mir nicht vorstellen, wer so etwas kaufen würde — außer uns. In diesem Moment verschwinden die Förmlichkeiten. Wir sind keine Kollegen, nicht an diplomatische Ränge gebunden, sondern einfach drei Menschen, die durch etwas so Albernes aus der Fassung gebracht werden, dass es befreiend wirkt.

Meine soziale Welt weitet sich, als ich mich mit Ania anfreunde, einer temperamentvollen Polin, die ich über Kontakte in der Botschaft kennenlerne. Sie und ihr kuwaitischer Freund Badr laden mich oft zu sich ein, zum Grillen oder einfach, um abzuhängen, und mit der Zeit werden sie enge Freunde. Sie nehmen mich auch mit zu den Partys am Mittwochabend — heimliche Zusammenkünfte, von denen man erst Stunden vorher im Flüsterton spricht und die den Beginn des Wochenendes einläuten. Sie finden in weitläufigen Villen hinter weißen Mauern statt, die so hoch sind, dass sie eher wie eine Ansage wirken: Was hier passiert, bleibt hier. Bewaffnete Wachleute überprüfen die Gäste anhand von Listen, die nur mündlich existieren. Es gibt reichlich geschmuggelten Alkohol, teuer, illegal und stets gefragt. Eine Flasche Whisky kann achtzig bis hundert Dollar kosten, aber die Gastgeber scheuen keine Kosten, und sie wissen, wo man ihn herbekommt.

Drinnen, in dem schwach beleuchteten Raum, verflechten sich kuwaitische Männer jeden Alters mit ausländischen Frauen, meist philippinischen Hostessen oder Nageldesignerinnen, manchmal in noch prekäreren Rollen. Ich verabscheue es, ihnen zuzusehen; ich empfinde Mitleid, ja sogar Scham. Eines Abends sitze ich mit Ania an der Bar: sie, an einem Glas Whiskey nippend, ich, an einem kalten Bier. Badr ist abwesend, verbringt den Abend mit seiner zukünftigen kuwaitischen Verlobten, und ich kann nicht anders, als mich zu fragen, warum Ania bei ihm bleibt, warum überhaupt jemand bleibt. Sie hat es mir einmal erklärt: Es geht nicht ums Geld, nicht wirklich, und auch nicht um die Geschichten, die sie ihren Eltern in Danzig erzählt, dass sie spare, um ihre Tochter großzuziehen, sondern darum, von einem Mann angesehen zu werden, als wäre sie plötzlich jemand. Doch, wie ich aus eigener Erfahrung sagen kann, lieben sich Ania und Badr wirklich. Die eigentliche Tragödie ist, dass Badr durch familiäre Ehre und Tradition gebunden ist und deswegen eine kuwaitische Frau heiraten muss.

Mittwoch für Mittwoch sehen wir dem Kommen und Gehen der Männer zu. Sie kommen paarweise oder zu dritt, makellos gebügelt *Dishdashas*, die hier traditionellen langen weißen Gewänder der Männer, makellose, goldene Uhren, die das Licht einfangen, ein schwacher Hauch von *Adlerholz* mit seinem dunklen, rauchigen Duft, der ihnen folgte. Wenn sie sich neben die philippinischen Frauen setzen, ist der Austausch still, aber unverkennbar—gemessen an Blicken, Nachschenken und dem langsamen Drama, wer wessen Zigarette anzündet. Je länger ich zuschaue, desto mehr widert mich das Ganze an.

Ich höre schließlich auf hinzugehen, nicht aus Angst, sondern weil mich die Leere abstößt. Eine Nacht bleibt mir besonders im Gedächtnis: das Bild einer Hostess, die unter dem Blick eines Fremden zu laut lacht. Es sind nicht die sichtbaren Transaktionen, die mich stören, sondern das Gefühl, dass die ganze Szene unangenehm nah an dem ist, was ich mir unter einem Bordell vorstelle.

Doch es ist eine weitere Erinnerung daran, dass Liebe hier, wenn sie existiert, im Verborgenen bleiben muss. Zärtliche, treue, echte Gefühle, gefangen in parallelen Leben—separate Häuser, getrennte Geschichten. Wir alle lernen, auf unsere eigene Weise zu verschwinden—nicht aus Angst, sondern aus Notwendigkeit.

Einige Monate später stoße ich auf einen Artikel in der lokalen englischsprachigen Zeitung, in dem berichtet wird, dass die Party eines der Gastgeber von kuwaitischen Sicherheitskräften aufgelöst worden sei. Die Veranstaltung wurde abgebrochen, Gäste festgehalten und die Villa unter grellem Neonlicht gründlich durchsucht. Für ausländische Bewohner sind die Folgen sofort und hart: Haft und anschließende Abschiebung. Kuwaitische Staatsbürger hingegen könnten mit Geldstrafen oder Verwarnungen belegt werden. Ich bin erleichtert, dass ich gegangen bin, als ich es tat—einfach nur froh, dass ich Glück hatte. Ich spürte die Gefahr, bemerkte die Veränderung der Atmosphäre und vertraute meinem Instinkt. Einmal stellte ich Vorsicht über Neugier, und das ersparte mir einiges.

Ich gleite in eine eigentümliche Form des Alleinseins. Es ist keine Einsamkeit, sondern etwas Unbestimmtes. Ein schwereloser Rhythmus, der mich dicht an der Oberfläche der Dinge hält. Ich bin nicht unglücklich. Nur… nicht verankert. Unter allem liegt ein leises Summen, als wüsste mein Körper, dass eine Veränderung naht, noch bevor ich es selbst begreife.

Sogar meine Wohnung fühlt sich provisorisch an, funktional, aber noch nicht ganz meine. Die Klimaanlage springt in seltsamen Abständen—laut, abrupt, mechanisch zum Leben. Zuerst erschreckt sie mich, später nehme ich sie kaum noch wahr. So ist es immer, wenn du irgendwo neu anfängst: die Eigenarten fallen auf, bis sie es nicht mehr tun. Bis sie zum Hintergrundrauschen eines Lebens werden, das du langsam zu bewohnen lernst.

Während der Sommer mit seiner sengenden Hitze dahinzieht—mehr als sieben Monate sind vergangen, seit ich hier zum ersten Mal angekommen bin—spiegelt die Welt draußen etwas in mir wider: langsam, schwer, schwebend. Ich bewege mich mit ihr: langsame Morgen in der Botschaft, stille Nachmittage hinter schweren Vorhängen. Meine Wege nach draußen sind rationiert: kalkulierte Gänge zum Eckladen für das Nötigste, kurze Fahrten zu besser bestückten Supermärkten in der Dämmerung, wenn die Luft mich wieder atmen lässt.

Dann kommen die Sandstürme. Ohne Vorwarnung frischt der Wind auf und stöhnt, bis es sich anfühlt, als würde die Erde aufbrechen. Wolken aus feinem Sand und Staub fegen aus dem Irak und Saudi-Arabien heran und verdunkeln den Himmel. Die Sonne wird zu einer fahlen, fernen Ahnung hinter einem dicken, gelblichen Schleier. Alles nimmt die Farbe von altem Pergament an, Konturen verschwinden.

Drinnen legt sich eine feine Staubschicht auf Arbeitsflächen, Schränke, sogar auf das aufgeklappte Buch an meinem Nachtkästchen. Ich streiche mit dem Finger über die Kommode. Staub sammelt sich auf meiner Fingerkuppe. Ich mache mir nicht die Mühe, ihn abzuwischen. Draußen wird es so dunkel, dass man Regen erwartet, doch keine Regenwolke ist in Sicht—nur endloser, schwerer Staub. Es beunruhigt mich, aber ich bin gebannt von diesem Schauspiel.

Keine zwei Stürme sind gleich: manchmal leuchtet der Himmel orange und elektrisierend, ein andermal driftet er in ein gedämpftes Gelb, als sei das Licht selbst abgestanden geworden. Sogar die Palmen drücken gegen den Wind, ihre Wedel grau vom feinen Sand. Manche Stürme ziehen schnell vorbei. Andere dehnen sich über Tage, legen die Stadt lahm, hüllen sie in Stille und Sand. Ich bin dankbar für Fenster und Wände. Ich eile nur kurz zum Einkaufen hinaus, husche zwischen Türöffnungen hindurch und versuche, den Atem anzuhalten, bis ich wieder drinnen bin. Der Sturm ist unerbittlich und hinterlässt Eindruck. Dann, genauso plötzlich wie der Sturm gekommen ist, lichtet sich der Staub, die Sonne bricht erneut hervor, und mit ihr kehrt mein Lächeln zurück, denn ich habe es satt, drinnen festzusitzen.

Gegen Spätsommer steigt die Luftfeuchtigkeit, ihre klebrige, erstickende Hitze treibt mich wieder nach drinnen. Wassertropfen perlen an den Fenstern, die Luft liegt so schwer, dass man in ihr zu ersticken droht. Eines Nachts fällt der Strom aus. Nur für eine Minute, aber lang genug, damit du die Wüste durch die dünnen Fenster auf dich pressen spürst. Und als der Strom zurückkehrt, atmest du erleichtert auf.

Aber wenn der Oktober kommt und die Schwüle endlich nachlässt, atme ich tief durch. Ich schalte die Klimaanlage aus, reiße nachts die Fenster auf und spüre, wie mir die Behaglichkeit in die Knochen zurückgleitet. Das Drama der drückenden Sommerhitze verfliegt—und mit ihm die leise Regung, die sich in mir eingenistet hatte, ohne dass ich es bemerkt hätte.

Das Leben findet eine stille Kadenz: Arbeitstage, Abende zu Hause, kleine Rituale, die die Einsamkeit fernhalten. Ich bin dankbar für meine deutsche Ersatzfamilie—gemeinsame Abendessen, Bier, Wein, lange Gespräche. Wir reichen einander kleine Trostpflaster gegen die Absurdität dieses Ortes, gegen seine Vergänglichkeit und all die unausgesprochenen Dinge.

Es gibt Nächte, in denen ich spüre, wie sich der Boden kaum merklich verschiebt—nicht durch Stürme, sondern durch etwas Subtileres. Ein Strom, der unter der Oberfläche fließt. Es ist mir noch nicht bewusst, aber etwas—jemand—ist bereits auf dem Weg zu mir.

KAPITEL 2

Der erste Blick

Nach dem Ende des Golfkriegs 1991 richteten die Vereinten Nationen die UNO-Irak–Kuwait-Beobachtermission (UNIKOM) ein, um den fragilen Waffenstillstand zu überwachen und die entmilitarisierte Zone zwischen den beiden Ländern zu patrouillieren. Alle paar Monate werden die Soldaten der Mission abgelöst und durch ein frisches Kontingent aus den truppenstellenden Staaten ersetzt. Als Teil der diplomatischen Vertretung meines Landes werde ich zu den Übergabezeremonien eingeladen, wenn unser abziehendes Kontingent heimkehrt und ein neues die Verantwortung übernimmt. Es sind formale und zugleich tief menschliche Rituale: Soldaten in Wüstenuniform salutieren, die Flagge wird übergeben, und diejenigen, die monatelang Wache gehalten haben, machen sich auf den Weg zurück zu ihren Familien. Es sind seltene Momente, in denen sich die Welt der Diplomatie und die des Militärs für einen Augenblick berühren.

In Kuwait kann Einsamkeit an einem haften wie die Wüstenhitze. In der Expat-Gemeinschaft liegt ein leises Sehnen — nach Nähe, nach etwas Echtem inmitten dieses provisorischen Lebens. Männer und Frauen fern der Heimat, eingeengt von strengen Regeln, einer fremden Kultur und dem Wissen, dass ihre Zeit hier oft in Monaten bemessen ist. Vielleicht deshalb achte ich darauf, die Expats und die Militärangehörigen unseres Landes mit aufrichtiger Wärme zu begrüßen. Es ist meine kleine Form der Diplomatie, eine Art, die Schärfen für jene zu mildern, die unter der Aufsicht der UN die Freiheit verteidigen. Manche mögen hinter meinem Verhalten eigennützige Motive vermuten, doch sie irren sich. Meine Mutter hat mir beigebracht, dass Gastfreundschaft sowohl Pflicht als auch Gabe ist, und an diesem Ort fühlt sie sich wie eine Berufung an.

Es ist Anfang Oktober 1997, die Hitze hängt noch schwer in der Luft, als ich mich zur entmilitarisierten Zone aufmache. Die Fahrt wirkt wie ein eigenes Ritual: Die geschäftigen Schnellstraßen von Kuwait-Stadt weichen einem schmalen Streifen Asphalt, der sich nach Norden ins Nichts zieht. Zu beiden Seiten liegen bleicher Sand, flirrende Luft, und hin und wieder eine Karawane von Kamelen, die wie eine Fata Morgana vorbeizieht. Kontrollposten durchbrechen die Monotonie; bewaffnete, uniformierte Wachen beugen sich vor, prüfen Ausweise, die Sonne liegt scharf auf ihren gebügelten Uniformen.

Als ich das Militärcamp erreiche—umringt von HESCO-Barrieren, diesen riesigen, mit Sand gefüllten Drahtgitterkisten, dazu Stacheldraht und Wachtürme—fühlt es sich an, als hätte ich eine Grenze überschritten, in eine Welt, die zugleich allen und niemandem gehört.

Bei diesen Zeremonien spüre ich eine beruhigende Ordnung: präzises Salutieren, Fahnen, die im Wind wehen, kurze, feste Händedrücke, flüchtige Begrüßungen und gedämpfte Abschiede. Die Veranstaltung ist förmlich, ohne steif zu wirken, eine Versammlung, in der Protokoll und persönlicher Stolz nebeneinander bestehen. Es berührt mich jedes Mal, mit welcher Ernsthaftigkeit unsere Offiziere in jenen schmalen Wüstenkorridor aufbrechen, der zwischen zwei misstrauischen Staaten eingezwängt liegt. Es ist mehr als ein Ritual; es hat Gewicht. Meine Nationaltracht trage ich nicht als Spektakel, sondern als stille Huldigung an meine Herkunft. Und jedes Mal spüre ich, dass es genau das Richtige ist.

Er gehört zur neu ankommenden Einheit, ist aber anfangs nur eine weitere Uniform in einem Meer von Uniformen. Ich bin in Verabschiedungen gefangen, lache mit den Männern, die nach Hause fahren, verspreche, Fotos zu schicken, hebe einen Pappbecher Wein zu ihren Ehren. Neue Gesichter ziehen verschwommen vorbei, ohne haften zu bleiben. Wenn ich ihn überhaupt wahrnehme, dann nur flüchtig—eine große Gestalt, die ein wenig abseits steht, mehr zuhört als spricht, die Augen über die Menge gleitend.

Es wird Wochen dauern, bis wir sprechen. Monate, bis ich begreife, was dieser Augenblick wirklich war: der erste Einzelbildrahmen einer Filmrolle, die ich mein Leben lang in mir abspielen und immer wieder ansehen werde.

Anfang 1998 kreuzen sich unsere Wege wieder—bei einer lebhaften Einladung meines Chefs, in seinem großzügigen, warm erleuchteten Wohnzimmer. Die Luft ist erfüllt vom Summen angeregter Gespräche und hellem Lachen, während die Gäste mit Tellern voller Häppchen zwischen Küche und Wohnzimmer fließen.

Er sticht aus der Menge hervor: groß, ruhig, in einer leichten Sommerhose und einem schlichten Poloshirt, umgeben von Kollegen, in eine lockere Unterhaltung vertieft. Seine Ausstrahlung ist präsent, aber offen; mit einer mühelosen Selbstverständlichkeit zieht er Menschen an.

Er tritt mir entgegen, die Hand ausgestreckt, das Lächeln so warm, dass sich seine Augenwinkel kräuseln.

„Marc", sagt er. „Hauptmann Marc. Wir haben uns kurz kennengelernt, als ich im Oktober hierher versetzt wurde." Er deutet auf den Mann neben sich. „Das ist René, er ist ebenfalls Hauptmann. Er ist in der Nähe des Hauptquartiers stationiert, während mein Beobachtungsposten weiter draußen liegt, tief in der Wüste, auf der irakischen Seite der entmilitarisierten Zone."

Ich nehme seine Hand; ein leichter Stromstoß fährt durch die Berührung. „Frieda", sage ich. „Ich arbeite in der Botschaft."

Wir tauschen ein paar Sätze aus, unsere Worte fließen mühelos, während wir an der Bar stehen. René grinst. „Wenn René und ich beide in der Stadt sind, verbringen wir unsere freien Tage meistens miteinander." sagt Marc und neigt den Kopf, während seine Augen kaum von meinen weichen.

Jemand schlägt eine Runde Tequila vor, und wir lehnen uns an die Bar, die Menge weicht gerade so weit, dass wir uns an den Tresen schieben können. Gläser werden eingeschenkt, Salz wird die Reihe entlanggereicht. Wir stoßen an, kippen sie hinunter und spüren, wie die feurige Hitze in unsere Brust zieht. Das ist alles, was passiert. Und doch liegt zwischen uns eine stille Leichtigkeit—ungezwungen, natürlich—wie alte Freunde, die wieder in einen Rhythmus zurückgleiten, den sie vergessen hatten.

Irgendwann am Abend schlage ich beiläufig ein Mittagessen vor, nichts Besonderes, nur eine kleine Mahlzeit bei mir. Sie stimmen ohne Zögern zu, und als das Wochenende kommt, stehen sie vor meiner Tür. Wir versammeln uns um meinen bescheidenen Esstisch, der nun mit einfachen, warmen Speisen gedeckt ist: in Scheiben geschnittenes Brathähnchen, mit Thymian und Knoblauch gewürzt, in Butter geschwenkte kleine Kartoffeln, ein erfrischender Gurken-Dill-Salat und ein Korb frisch gebackener Brötchen, noch warm aus dem Ofen. Der Duft von gebräunter Butter und Kräutern erfüllt die Luft und mischt sich sanft mit der weichen, kühlen Brise der Klimaanlage, die eher aus Gewohnheit als aus Notwendigkeit summt in Kuwaits kurzer, vorfrühlingshafter Wärme.

René lehnt sich zurück und deutet auf seinen Teller. „Das ist gefährlich. Du verwöhnst uns."

Ich schmunzle. „Gewöhn' dich nicht daran. Das ist eine einmalige diplomatische Geste." Marc lächelt, ohne aufzusehen. „Das werde ich mir merken."

Der Raum ist erfüllt von gedämpftem Klingen des Bestecks, dem leisen Schieben der Stühle über den Fliesenboden und ein paar halb erzählten Geschichten, die zwischen den Bissen auftauchen und wieder versickern. Es ist nichts Besonderes. Nur eine Mahlzeit. Doch das Tempo ist ruhig. Behaglich. Es wird nichts Bedeutendes gesagt, und doch breitet sich zwischen uns eine Vertrautheit aus, als wäre sie schon immer da gewesen. Keine große Veränderung—nur etwas, das ganz leise beginnt, Wurzeln zu schlagen.

Nach dem Mittagessen ist keiner von uns bereit, den Tag zu beenden. Jemand schlägt Schlittschuhlaufen vor—eine absurde Idee mitten in der Wüste, und genau deshalb reizt sie uns.

Wir quetschen uns in mein Auto, eine Welle Hitze schlägt uns entgegen, als wir die Türen öffnen. Die Fahrt durch die Stadt ist hell und blendend; draußen flimmert die Luft über dem Asphalt.

Als wir die überdachte, klimatisierte Eisbahn betreten, wirkt die plötzliche Kälte unwirklich, eine kleine Insel des Winters, verborgen mitten in der Wüste.

Ich setze den Fuß aufs glatte, spiegelnde Eis, schwanke, rudere mit den Armen, wirbele wie ein Windrad in verzweifelten Versuchen, das Gleichgewicht zu halten. Ein Naturtalent bin ich nicht. Jeder, der mich kennt, würde darauf wetten, dass ich eher zu Skiern als zu Schlittschuhen passe; wenigstens haben Skier die Anständigkeit, in einer geraden Linie zu fahren.

Marc beobachtet mich amüsiert und bricht in Gelächter aus, als ich zum ersten Mal beinahe mit dem Gesicht auf das harte, kalte Eis knalle. René gleitet mit müheloser Anmut an mir vorbei und wirft mir über die Schulter einen spitzbübischen Blick zu.

Marc streckt mir die Hand hin und bietet mir sicheren Halt. Seine Berührung ist leicht, neckisch, und seine Augen funkeln verschmitzt—als hätte er genau diesen Moment schon seit der Fahrt zur Eisbahn erwartet.

Später, zurück in meiner Wohnung, breitet Marc ein Backgammonbrett über die polierte Oberfläche des Couchtisches aus. Das Zimmer ist vom sinkenden Sonnenlicht sanft erhellt, das uns in einen warmen Schein taucht, während wir uns auf die weichen, einladenden Kissen des blauen Sofas sinken lassen, jeder einen frischen Drink in der Hand. In der Nähe lehnt René lässig im gelben Sessel und blättert beiläufig durch eine Zeitschrift; hin und wieder wandert sein Blick zu uns, mit einem Hauch milder Neugier.

Als Marc mich durch die Feinheiten des Spiels führt, streifen seine Fingerspitzen beim Setzen der Steine sanft die meinen, und ein prickelndes Zittern fährt mir durch den Körper, das ich zu ignorieren versuche. Es ist das erste Spiel, das wir zusammen spielen, aber nicht das letzte. Bald wird es zu einem leisen Faden zwischen uns, der sich durch Nächte und Wochenenden zieht—so vertraut wie das blaue Sofa.

Irgendwann greift er nach seinem Glas, und ich bemerke den goldenen Ring an seiner linken Hand. Er muss schon vorher da gewesen sein, aber ich hatte nicht darauf geachtet—es hatte mich schlicht nicht interessiert.

„Verheiratet?" frage ich und halte meinen Tonfall leicht.

Er neigt den Kopf. „Vor ein paar Monaten…"

„Ist sie nicht da?" Sein Blick senkt sich kurz. „Nein. Sie ist zu Hause."

Ich nehme das leise in mich auf, höre nur zu und lege diese Einzelheit einfach wertungsfrei beiseite.

Das späte Nachmittagslicht filtert sanft durch die Vorhänge, und für eine Weile sind wir zu dritt—gewöhnliche Freunde, die einen ruhigen Wochenendtag miteinander verbringen. Ich genieße ihre Gesellschaft, das ungekünstelte Vergnügen kalter Getränke, einfache Gespräche, den Luxus, nirgendwo anders sein zu müssen. Ich habe keine Vorstellung davon, wie schnell sich die Dinge wenden werden, wie Unschuld einer unumstößlichen Gewissheit Platz macht. Aber in diesem Moment ist es nur Mittagessen, nur Schlittschuhlaufen, nur ein Brettspiel.

Ein paar Tage später ruft Marc an, um mir mitzuteilen, dass er wieder in Kuwait-Stadt ist. Als wir beschließen, zusammen zu Abend zu essen, fühlt es sich an, als würden wir in einen vertrauten Rhythmus zurückfinden. Wir stammen aus demselben Land, beide im Ausland stationiert, in dieser trockenen, strengen Stadt, in der die Sonne alles unbarmherzig ausbleicht.

Hier echte Verbindungen zu knüpfen, ist wie das Finden einer Oase, und ihnen zu vertrauen noch schwerer. Und doch liegt etwas Beruhigendes darin, jemandem gegenüberzusitzen, der deinen Akzent spiegelt und deine Witze versteht, ohne dass du sie erklären musst.

Wir stoßen mit Gläsern an, die mit vollmundigem Rotwein gefüllt sind, und das Klappern des Bestecks mischt sich mit unserem Lachen. Da Kuwaits strenge Gesetze Alkohol in der Öffentlichkeit verbieten, finden Abendessen immer im privaten Rahmen bei jemandem zu Hause statt, wo die Luft von gemeinsam erzählten Geschichten und dem Duft hausgemachter Gerichte erfüllt ist.

Ich erinnere mich nicht, wo wir gegessen haben—höchstwahrscheinlich bei mir. Ich hätte etwas Einfaches gekocht, etwas, das zu Rotwein und ein paar kalten Bieren passt. Ich erinnere mich, entspannt gewesen zu sein. Ich erinnere mich, gelacht zu haben. Ich erinnere mich, gedacht zu haben: Mit ihm lässt es sich gut auskommen.

Und ich erinnere mich an den Ring—an seine stille, unübersehbare Botschaft—wie er das Licht einfing, als Marc nach seinem Glas griff. Er verbarg ihn nicht, milderte seine Bedeutung nie. Und ich dachte nie daran, sie zu übergehen. Kein Unterton, kein Spiel. Wir sprachen wie Kollegen. Oder wie Nachbarn. Oder wie zwei Menschen, die zu erwachsen oder zu vorsichtig waren, um Grenzen zu überschreiten, die ihnen nicht zustanden.

Abseits des Büros wirkt mein Privatleben unkompliziert—so glaubte ich das zumindest. Das änderte sich Mitte 1997, als ich eine Fernbeziehung mit einem Mann aus meinem Heimatland begann. Wir sahen uns nur sporadisch, unsere Gespräche wurden größtenteils durch Briefe und teure Telefonate getragen. Es war und ist mehr Vertrautheit als Leidenschaft, doch im Moment bleibt es im Hintergrund, ein Faden, den ich noch nicht durchtrennt habe, aber bald durchtrennen werde.

Eines Tages, Mitte Februar 1998, ruft der Mann, den ich im Begriff bin zu verlassen, mit einem unerwarteten Vorschlag an: Wir sollten uns in Südkorea treffen. Ich zögere—ist es klug, zehn Tage mit einem Mann zu verbringen, von dem man sich bereits trennen wollte? Aber Südkorea erscheint mir die Reise wert, und vielleicht ist es ein ebenso guter Ort wie jeder andere, um einen Schlussstrich zu ziehen.

Von Kuwait fliege ich nach Osten. Wir wissen beide, dass dies unser letztes Mal als Paar sein wird, doch das hält uns nicht davon ab, das Beste daraus zu machen: Wir erkunden Seouls neonbeleuchtete Straßen, stehen in der Kälte an der trostlosen entmilitarisierten Zone, die Nord- und Südkorea trennt, und fahren auf frisch verschneiten Pisten Ski. Der Abschied ist höflich: Vor dem Hotel reicht er dem Taxifahrer meine Tasche, und ich winke vom Rücksitz, als das Taxi in den Verkehr einfädelt. Ich besteige meinen Rückflug, aufgeregt und frei, so wie man sich fühlt, wenn man etwas endgültig hinter sich gelassen hat, das nicht mehr passt. Ich ahne nicht, dass das nächste Ferngespräch, das ich annehme, von jemand ganz anderem kommen wird.

Zurück in Kuwait werfe ich mich in die Arbeit, wenn auch nur für kurze Zeit, denn mein sogenannter Heimaturlaub steht bevor und mit ihm eine Reise nach Hause zum Skifahren und für lange, ruhige Morgen, bevor der sommerliche diplomatische Wirbelwind der Visaerteilung losbricht. Ich lege meinen Heimaturlaub auf Mitte März, noch vor Ostern; ab Mai wird das Tempo unerbittlich, weil alle der zunehmenden Hitze in Kuwait entfliehen und deshalb Visa brauchen, um in mein Heimatland einzureisen.

Als ich mich auf den Weg in mein Heimatland mache, ist unsere Routine so eingespielt, dass man merken wird, dass ich fehle. Marc und René sind für mich noch immer nur warme Gestalten am Rand meiner Wahrnehmung, angenehme Gesellschaft, nicht mehr. Ich bin müde, vorsichtig, nicht bereit für Neues. Vielleicht deshalb hinterlässt Marc anfangs keinen großen Eindruck. Trotzdem entwickeln wir zu dritt schnell eine einfache Routine: bei mir zu Hause—Backgammon auf dem blauen Sofa, etwas Einfaches zu essen, ein paar Getränke, bevor sie zurück in die Wüste fahren.

Deshalb trifft mich das Vibrieren meines Handys völlig unvorbereitet. Während meines winterlichen Heimaturlaubs ziehe ich mich in die Berge zurück und tausche Kuwaits flachen, endlosen Sand gegen steile, weiße Hänge, pulvrig und unberührt; die Luft ist so klirrend kalt, dass sie mir in meine Wangen sticht. In der Talstation löse ich meine Skibindung, stecke meine Hände in die Tasche und spüre das erneute Vibrieren meines neuen Handys. Das Display zeigt eine Nummer, die ich auswendig kenne—die Telefonnummer der UNO-Zentrale in Kuwait. Der Anruf kommt von Marc. Er muss für die Verbindung ein kleines Vermögen bezahlen, und doch ruft er an.

Das Gespräch dauert nur wenige Minuten. Die Details verschwimmen—etwas über seinen Beobachtungsposten, vielleicht eine Frage zum Rotationsplan oder wann ich zurück sein werde. Was bei mir bleibt, ist das Gefühl, das der Anruf hinterlässt: ein Aufblitzen von Leichtigkeit, ein leiser Strom von Aufregung und eine stille, unerwartete Freude.

Warum es mich so heftig trifft, ich wünschte, ich wüsste es. Vielleicht liegt es daran, dass er überhaupt daran gedacht hat, anzurufen. Vielleicht ist es der Klang seiner Stimme—unbeeilt, warm—der in das sanfte Tempo meines Urlaubs hineinbricht. Oder daran, dass ich nicht erwartet hatte, dass er meine Abwesenheit überhaupt bemerken würde, geschweige denn versuchen, sie über Kontinente hinweg zu überbrücken.

Was auch immer der Grund sein mag, etwas kippt. Vielleicht ist das der Grund, warum ich so hastig mein Ticket umbuche und meinen Heimaturlaub verkürze, um ein paar Tage früher nach Kuwait zurückzufliegen. Vielleicht ist das der Grund, warum ich für die Botschafterparty den kurzen, gewagten Rock wähle—eine Entscheidung, vielleicht unbewusst getroffen, um aufzufallen. Um gesehen zu werden.

Ich kehre leicht gebräunt von der Frühjahrssonne der Berge und erholt nach Kuwait zurück, völlig ahnungslos, dass jemand kurz davorsteht, mein Leben auf den Kopf zu stellen.

KAPITEL 3

Die Nacht, in der er mich endlich sieht

Es ist Ende März, kaum mehr als eine Woche, seit ich aus meinem Jahresurlaub zurückgekehrt bin, und schon fühlt sich Kuwait anders an. Oder vielleicht bin ich es. An sich liegt es nicht in meiner Absicht zu schockieren. Aber heute Nacht passiert genau das.

Ich komme in den Innenhof der Residenz des Botschafters und werde vom leisen Murmeln der Gespräche und dem Klirren der Gläser empfangen. Es ist eine obligatorische Cocktailparty zu Ehren eines eher unbedeutenden Würdenträgers aus meiner Heimat. Die Wüstenluft ist warm, und der Himmel ist vom Licht der sinkenden Sonne golden gefärbt, das lange Schatten über den Steinboden wirft. Expats in Businesskleidung mischen sich unter kuwaitische Gäste in fein gebügelten *Dishdashas*, ihre Höflichkeit trägt den Hauch jener Müdigkeit, die aus Tagen und Nächten stammt, die selten früh enden. Einige Gäste unterdrücken ihr Gähnen hinter diskreten Händen, während sie ihre Gläser zu einem halbherzigen Trinkspruch heben, das Kristall fängt dabei das Umgebungslicht ein. In Kuwait ist Alkohol offiziell verboten. Aber Diplomaten dürfen ihn für offizielle Anlässe einführen, und so weichen die Regeln auch hier—Sektflöten im Freien auf einer diplomatischen Terrasse; gelegentlich wird eine Flasche heimlich hinter verschlossenen Türen eingeschenkt. Es ist ein Graubereich, wie so vieles in Kuwait.

Ich trage einen marineblauen Rock, der knapp oberhalb meiner Knie endet; der Stoff schwingt, während ich über die Terrasse gehe. Mein taillierter Blazer, ebenfalls marineblau, schmiegt sich an meine Schultern, während ein makellos weißes, ärmelloses Top darunter hervorblitzt. Eine einfache Silberkette mit einem kleinen Anhänger ruht auf meinem Schlüsselbein—ich fange einen Blick darauf auf, als ich Hände schüttle—und passende silberne Ohrstecker schimmern dezent an meinen Ohren. Der goldene Teint meiner Haut zeugt von stillen Nachmittagen am Pool in der vergangenen Woche, als ich mich der warmen Umarmung der Sonne hingab. Normalerweise plane ich so einen Look nicht, doch heute Abend trifft er genau den richtigen Ton.

Ich bewege mich durch den Raum und bemerke, wie sich Köpfe drehen, um meinem Weg zu folgen. Ein Kollege aus der Botschaft geht vorbei und grinst. „Du hast das Leuchten mitgebracht", sagt er und hebt leicht sein Glas. Ich bedanke mich leise, bin einen Moment lang aus dem Konzept gebracht von der Ungezwungenheit seines Kompliments. Andere folgen—Fremde, höflich und neugierig—und ich finde mich dabei wieder, wie ich mich zwischen kleinen Grüppchen der Bewunderung hindurchschlängle, die sich um mich bilden.

Dann fallen meine Augen auf Marc und René, unverkennbar in ihren Wüstenuniformen, wie sie lässig an der Bar stehen. Sie zupfen träge an einem Haufen gekühlter kuwaitischer Garnelen, ihre Finger gleiten routiniert über die vereiste Platte, während die anderen Hände zarte Weingläser umfassen. Der Empfang ist so laut, dass die Gespräche zu einem weichen Hintergrundsummen verschwimmen, das unter dem leichten Klingen der Gläser liegt.

Mein Rock trägt das Gewicht eines kleinen, privaten Wagnisses—nicht unpassend, aber kürzer als sonst. Ich sage mir, es liege nur an der Hitze. Doch als Marcs Augen—ein kurzes Aufflackern, hell und unerwartet, wie ein Blitz hinter Wolken—über die Terrasse hinweg die meinen treffen, schießt mir der Gedanke, den ich beim Verlassen des Hauses gehabt hatte, plötzlich wieder durch den Kopf.

Gesehen zu werden.

Marcs Gesicht ist eine Mischung aus Entzücken und Ungläubigkeit; seine sonst so kontrollierte Art bricht für einen

Atemzug und macht ihn plötzlich verletzlich. Seine unmöglich blauen Augen, sonst so verschlossen, flackern mit einem Funken, der mir ein unerwartetes Prickeln durchfährt—ein Funken, bei dem mir plötzlich klar wird, dass ich genau darauf gewartet habe. Er hat mich stets bemerkt, aber in diesem Moment weiß ich, dass er zulässt, dass auch ich ihn bemerke.

Ich gehe hinüber, lächle und deute auf einen freien Tisch in der Nähe. „Sollen wir uns setzen?", frage ich und drehe mich schon halb um. Sie folgen ohne Zögern, und einen Moment später sitzen wir an einem kleinen, runden Tisch am Rand der belebten Terrasse. Ein Kellner balanciert ein Tablett mit geübter Leichtigkeit und reicht mir eine Flasche mit erfrischendem Bier, deren Außenseite bereits von Kondenswassertropfen schimmert. Marc und René geben ein Zeichen für eine weitere Runde ihres Lieblingsrotweins. Ich drehe die kühle Bierflasche in meinen Händen und erzähle von meinem Heimaturlaub: von der klaren Luft der verschneiten Berge, der Wärme herzlicher Familienessen voller Gelächter und der tröstlichen Vertrautheit zu Hause. Und doch gestehe ich, dass ich trotz all dieser Freuden das lebendige Leben in Kuwait unerwartet vermisst habe.

Ich hebe meine Flasche, während ihre Gläser in einem fröhlichen Klingen anstoßen. Ein sanfter Windhauch fährt durch den Terrassenbereich und spielt mit einzelnen Strähnen meines Haares, und in diesem Moment durchströmen mich Klarheit und Erneuerung. Ich bin gerade von zu Hause zurückgekehrt, befreit von einer Beziehung, die nicht mehr zu mir passte, und bereit, das nächste Abenteuer zu begrüßen.

Diese Nacht markierte etwas Neues—nicht wegen Marc, noch nicht, sondern weil ich mich leichter fühlte. Ich hatte die letzten Spuren jener Fernbeziehung abgelegt, die zu nichts geführt hatte. Und

plötzlich war ich frei—verfügbar, in erster Linie für mich selbst und
für alles, was noch vor mir lag.

Später an diesem Abend kehren wir drei in meine Wohnung zurück, um noch einen Absacker zu nehmen. Unser Lachen hallt durch das Treppenhaus, während wir die beiden Stockwerke nach oben steigen. Wir setzen uns an unsere üblichen Plätze rund um den abgenutzten Holztisch. Zwischen uns ist es leicht—zu leicht. René, mit seinem verschmitzten Grinsen, wirft einen Witz nach dem anderen hinaus, der uns kichern lässt, während ich nach den gekühlten Bierflaschen greife, die Flaschen leise aneinanderschlagen, als ich sie ihm reiche. Marc klappt methodisch das Backgammonbrett auf, seine Finger ordnen die Spielsteine mit vertrauter Präzision.

Als ich aufschaue, um seinen Zug zu sehen, bemerke ich es wieder—dieses sehr dezente Flackern in seinen hellen Augen, so durchdringend blau, ein flüchtiger Funke, der unter der Oberfläche zu tanzen scheint. Er flirtet nicht offen; vielmehr spielt er sein eigenes Spiel, ist immer zwei Schritte voraus und tut so, als sei dem nicht so. Ich lache, versuche, es herunterzuspielen, aber innerlich regt sich eine seltsame Empfindung, ein Gefühl, das in diesem Freundeskreis fehl am Platz wirkt. Unsere Blicke treffen sich kurz, ein heimlicher Blickwechsel, dem ein Aufglimmen von Wärme folgt. Ich wiederhole mir wie ein Mantra, dass Marc nicht für mich bestimmt ist. Das weiß er auch. Und dennoch bleibt diese unausgesprochene Spannung in der Luft.

Erst viel später—Wochen später, als nichts mehr auf dem Spiel stand—gesteht er es: Er hatte René in jener Nacht nicht zur Gesellschaft mitgebracht. Nicht zum Vergnügen. Sondern weil er es wusste. Er wusste, dass er, wären wir allein gewesen, seine Hände nicht von mir hätte lassen können.

Einige Tage später laden sie mich in ihre Wohnung zu einem Abend mit Bier und Backgammon ein, wie es inzwischen zur Gewohnheit geworden ist. Diesmal jedoch nimmt alles eine andere Wendung. Wir versammeln uns um den niedrigen Holztisch, das leise Summen der Klimaanlage erfüllt den Raum, während René mir gegenüber sitzt, scheinbar in Gedanken verloren, seinen Blick gebannt auf das Backgammonbrett gerichtet.

Marc spielt drei Spiele gleichzeitig: eines mit René, eines mit mir und eines mit sich selbst, in dem er versucht, die Regeln nicht zu brechen, an die er längst nicht mehr glaubt.

„Dein Zug", sagt er, beiläufig. Zu lässig. Seine Stimme ist gleichmäßig, doch seine Augen ruhen auf mir, ihr Blau durch etwas Ungesagtes geschärft, fast ein wenig gefährlich—sie beobachten mich, nicht das Brett.

Ich blicke nach unten. Ich habe keine Ahnung, welchen Zug ich machen soll. Unter dem Tisch findet sein Fuß meinen. Und er weicht nicht zurück. Ich zucke nicht zusammen. Ich spiele nicht die Unschuldige. Wir wissen beide genau, was wir tun.

Als er eine Zigarette anzündet, streift sein Finger meinen, und wir halten uns unverwandt im Blick—keiner von uns bereit, den Augenblick zu lösen. Vor den Augen von René beginnen Marcs Finger, langsame, gezielte Kreise auf meinem Arm zu ziehen, und ein Schauer fährt durch mich. In diesem Moment entfaltet sich alles wie etwas, das schon immer so bestimmt gewesen war—eine Unausweichlichkeit, die wir beide von Anfang an gespürt hatten.

Ich tue so, als würde um uns herum nichts geschehen, und als René sich schließlich in sein Zimmer zurückzieht—getrieben von der spürbaren Anspannung oder vielleicht schlicht von Erschöpfung—bekomme ich sein Fortgehen kaum mit. Wir bleiben in einer Stille zurück, die so dicht ist, dass jeder von uns angespannt auf das wartet, was als Nächstes kommen könnte.

Als das erste Licht der Morgendämmerung ins Zimmer kriecht, stehe ich plötzlich auf, greife hastig nach meiner Tasche und murmele, dass ich gehen muss. Marc, wie immer ein Gentleman, erhebt sich sofort und begleitet mich zu meinem Auto—mit einer Dringlichkeit, die der meinen entspricht; die Luft ist schwer von unausgesprochenen Worten.

Draußen ist es schon warm, eine Wärme, die an mir klebt, als ich auf den Gehsteig trete und die Fahrertür ergreife. Ich drehe mich um, auf einen sanften Abschied eingestellt, doch er überbrückt die Distanz in einem einzigen Herzschlag und küsst mich—heftig, sicher, der Höhepunkt des heimlichen Spiels unserer Füße und jedes verweilenden Blicks. Einen Moment lang bin ich überrascht, überrumpelt von dieser Gewissheit, doch dann gebe ich nach. Seine Lippen sind warm, eindringlich, schmecken nach Wein und Haut; seine Zunge lockt meine in einen langsamen, drängenden Tanz. Meine Finger krallen sich in sein Hemd, während seine Hände behutsam meine Taille finden, und ein schwerer Seufzer entweicht mir. Ich ergebe mich dem Schwall aus Hitze, der durch mich schießt. Die Zeit dehnt sich; die Welt fällt weg.

Und dann seine Augen. Dieses unmögliche, elektrische Blau, das mich von Anfang an entwaffnet hat. Offen, unverstellt, fixiert auf meine Augen, während sein Mund den Kuss vertieft. Er sieht nicht das Äußere, das ich an diesem Abend mit mir trage—sondern etwas anderes. Er sieht mein rohes Inneres: das Mädchen, das ich war, die Frau, die ich noch nicht kennengelernt habe. Sein Blick legt jede Verstellung bloß, und zum ersten Mal fühle ich mich völlig und auf erschreckende Weise gesehen.

Als wir uns endlich voneinander lösen, sage ich nichts. Es gibt nichts hinzuzufügen. Sein Kuss hat alles gesagt—Verlangen, Hingabe, Unausweichlichkeit. Ich setze mich ins Auto, die Hände zittern leicht am Lenkrad, und fahre davon. Nicht triumphierend, sondern voller Staunen. Nicht als Eroberung, sondern als Gefühl, auserwählt, gesehen, erinnert worden zu sein. Die frühe Morgenluft wirkt verändert, aufgeladen von dem, was gerade begonnen hat. Etwas hat sich verschoben, und keiner von uns tut so, als wäre das nicht so.

KAPITEL 4

Der Anruf aus der Wüste

Am Tag nach unserem ersten Kuss bereite ich mich auf das übliche, schwere Schweigen vor, das solchen Momenten oft folgt. In den Vor-Smartphone-Zeiten wartete man ängstlich auf einen beruhigenden Anruf—einen Beweis dafür, dass der Kuss keine Einbildung gewesen war. Manchmal endete diese Erwartung in Enttäuschung. Aber diesmal nicht.

Das Telefon klingelt im perfekten Moment, gerade als ich die Reste meines Mittagssandwiches beiseitegeschoben habe. Seine Stimme knattert durch das Festnetz aus der trockenen Weite der Wüste, aus der fernen entmilitarisierten Zone, von seinem Beobachtungspunkt

Ich sinke in mein abgewetztes blaues Sofa, dessen Stoff sich weich auf meiner Haut anfühlt, zünde mir eine Zigarette an und spüre, wie die Spannung in mir beim Klang seiner Stimme nachlässt. Sie ist warm und vertraut, von einer selbstsicheren Lässigkeit durchzogen, und ich sehe förmlich das Lächeln über sein Gesicht ziehen. Wir plaudern über die banalen Details unserer Tage—die zunehmende Hitze, die sich wiederholenden Routinen. Unsere Worte streifen die Oberfläche tieferer Gedanken, berühren dabei aber nie ganz den Kuss selbst.

Die Unterhaltung ist kurz, doch sie trägt eine Bedeutung, die nachklingt. Ich lehne mich in die Kissen zurück und beobachte, wie die Zigarette im Aschenbecher zu einem Stummel verbrennt, der Hörer noch warm in meiner Handfläche. Ich kann nicht umhin, mich zu fragen, was als Nächstes kommt. Das Gewicht der Grenze, die wir überschritten haben, hängt zwischen uns—ein unausgesprochenes Verständnis, von dem keiner von uns sich zurückziehen will oder überhaupt kann.

Später, als ich gedanklich jeden Moment—die Party des Botschafters, das Murmeln der Stimmen und das warme

Licht, das sich in die Nacht zog; den unerwarteten Kuss, der nach Bier und Wein schmeckte; und das leise Zerfasern, das sich wie ein zarter Faden ausbreitete—durchsiebe, wird mir klar, dass unsere Geschichte nicht mit jenem elektrisierenden Aufeinandertreffen der Lippen begann. Sie begann auf den verschneiten Hängen, als das scharfe Klingeln meines Telefons die klare Bergluft durchschnitt. Sie begann mit meiner Entscheidung, die Geborgenheit der Heimat und meine Familie hinter mir zu lassen und früher nach Kuwait zurückzukehren. Sie lag in jener stillen Gewissheit, die sich in mir formte—der Gewissheit, dass ich nicht länger bloß durchs Leben trieb. Ich lehnte mich bewusst vor und machte einen Schritt auf etwas Neues zu.

Wir machen nie konkrete Pläne, keine Abende am Pool oder in Hotellounges, keine geflüsterten Versprechen von Nächten, die wir in den Armen des anderen verbringen, keine festen Termine im Kalender. Ehrlich gesagt habe ich keine Ahnung, wohin uns dieser impulsive Kuss führen wird—ob er uns überhaupt irgendwohin führt. Ein hartnäckiger Teil von mir vergisst nie, dass er verheiratet ist. Diese Wirklichkeit hängt wie ein Schatten über allem, auch wenn seine Worte oder Blicke manchmal das Gegenteil vermuten lassen.

Da sein Dienstplan in der Wüste unberechenbar ist und der Beobachtungsposten weit außerhalb von Kuwait-Stadt liegt, lebe ich mein eigenes Leben weiter: Ich gehe arbeiten, treffe mich mit Freunden im Einkaufszentrum und halte meinen eigenen Rhythmus ein. Trotzdem sprechen wir jeden Tag, sobald ich meinen Arbeitstag beende, manchmal sogar öfter. Worüber wir reden? Über alles und nichts zugleich. Er erzählt mir von seiner Kindheit in einer kleinen Industriestadt, von dem Tag, an dem er seine Frau zum ersten Mal in einem belebten Stadtcafé traf, und von ihrer erfolgreichen Karriere als Anwältin—Einzelheiten, die er mit einer Mischung aus Stolz und Nostalgie teilt. In seiner Stimme liegt kein Geheimnis, nur die Offenheit eines Mannes, der die Geschichte seines Lebens erzählt. Ich höre zu, weil mich seine Sichtweise interessiert, und halte krampfhaft an den Grenzen fest, von denen ich hoffe, dass sie noch gelten, obwohl ich längst weiß, dass sie es nicht mehr tun.

Ich erwidere, indem ich Fragmente meiner eigenen Geschichte teile: die ständigen Umzüge als Kind eines Diplomaten, die erdrückende Einsamkeit und das permanente Bedürfnis, mich an neue Kulturen und Sprachen anzupassen. Was ich nicht sage—noch nicht—ist, wie diese Umzüge, jeder einzelne ein unausweichliches Herausreißen, feine Haarrisse in mir hinterließen, die ich gelernt habe zu übergehen. Wie dieses endlose Neuanfangen mir zwar Widerstandskraft schenkte, aber auch eine Unruhe, die ich nicht immer abschütteln kann. Damals halte ich es nur für eine Eigenheit meiner Erziehung. Später werde ich verstehen, dass es mehr war. Für den Moment nehme ich einfach wahr, wie Marcs beruhigende Stimme am anderen Ende der Leitung zu einem Anker wird, von dem ich nicht wusste, dass ich ihn gesucht hatte.

Damals glaubte ich noch, es sei eine Freundschaft. Ich hoffte gegen alle Vernunft, dass der Kuss nur einmalig gewesen sei—ein Moment der Hitze, eine Entladung, nichts weiter. Ich glaube wirklich daran, dass Männer und Frauen Freunde sein können. Das sage ich mir auch in diesem Fall. Und vielleicht, an einem anderen Ort, unter einem anderen Himmel, wäre das wahr gewesen.

Jedes unserer Telefonate nährt eine langsam schwelende Sehnsucht, wie Dampf, der in einem geschlossenen Topf stetig Druck aufbaut. Die Wucht meiner Gefühle ist überwältigend, und ich sitze auf meinem blauen Sofa, vom Schleier des Zigarettenrauchs umgeben, zerrissen von Gedanken, die in meinem Kopf wirbeln. Wir beide sehen die Nacht vor uns, in der wir ineinander verschlungen daliegen, unsere Glieder ein tröstliches Durcheinander, und wir scherzen fast jedes Mal darüber, gemeinsam in Ruhe zu baden—eine beiläufige Fantasie, die sich auf seltsame Weise zu einer stillen Einladung zwischen uns entwickelt hat. Doch der Zweifel gehört nur mir. Ich frage mich, ob diese Verbindung mehr als Freundschaft sein kann oder überhaupt sein sollte. Ein sanftes, hartnäckiges Ziehen in meinem Herzen flüstert unablässig, doch die Ungewissheit bleibt und hält mich zwischen Sehnsucht und Zurückhaltung gefangen.

Er kann sich immer noch nicht auf ein konkretes Datum für seine Rückkehr in die Stadt festlegen. „Vielleicht nächste Woche, vielleicht auch nicht." Er neckt mich mit einer Lässigkeit, die meine Vorfreude nur noch schürt. Also warte ich, zeichne in meinem Kopf unsichtbare Kalender nach, obwohl kein Datum eingekreist ist. Ich hatte zwar schon Soldaten kennengelernt, doch dieses Mal ist es grundlegend anders: Die Anrufe reißen nicht ab, und ebenso bleibt ein Verlangen zurück, das noch lange anhält, nachdem der Hörer wieder aufgelegt wurde.

Es ist Freitagabend, der 10. April—ein Datum, das später einmal große Bedeutung haben wird, obwohl ich das jetzt noch nicht weiß. Ich trage meine marineblaue Lieblingsbluse und eine weiße Leinenhose, bereit, zum Grillen zu meinen deutschen Freunden zu fahren. Der Duft frischen Parfüms liegt in der Luft, als mein neues kuwaitisches Handy laut auf der Kommode im Schlafzimmer summt. Er ist es. Seine beschwingte Stimme knistert durch die Leitung. „Ich komme in die Stadt—nur für heute Nacht. Ich weiß, ich sollte nicht, aber ich kann nicht anders. Ich muss dich sehen. Dich spüren."

Mein Herz hämmert wie eine Trommel, jeder Schlag widerhallt von seiner jugendlichen, fast tollkühnen Aufregung. Mir bleibt kaum Luft zum Atmen.

Auf dem Grillfest schiebe ich mich durch Gruppen plaudernder Gäste; der Duft gegrillter Würstchen und das ansteckende Gelächter erfüllen die Luft, doch nichts fühlt sich real an. Mein Gesichtsausdruck ist nur einen Hauch zu heiter, die freudige Erwartung darunter sorgfältig verborgen. Alle paar Minuten werfe ich einen Blick auf meine Uhr und zähle die Minuten, bis ich mich unauffällig davonschleichen kann.

Die Autobahn ist ein Meer aus Bremslichtern; Autos kriechen im Freitagabendverkehr, für den Kuwait berüchtigt ist, und es wirkt wie ein geschäftiger Sonntag im Westen. Ich bin auf dem Heimweg, halte das Lenkrad fest, eine Schweißperle rinnt mir an der Schläfe hinab, während ich ängstlich auf die Uhr schaue und fürchte, zu spät zu kommen. Schließlich schaffe ich es doch rechtzeitig nach Hause. Um 22:30 Uhr kündigt das Ding-Dong der Türklingel seine Ankunft an.

Er tritt ohne Zögern in meine Wohnung; die Wüstenluft haftet noch an ihm und bringt den leisen Geruch von Staub und Diesel mit sich. Mein Blick fällt auf seine linke Hand, und mir wird klar: Der goldene Ring fehlt. Nicht vergessen, nicht verloren, sondern bewusst zurückgelassen. Die Haut darunter ist bleich, von der Sonne unberührt—ein sichtbarer Abdruck des Lebens, das anderswo auf ihn wartet. Einen Moment lang frage ich mich, ob er weiß, dass ich es bemerken werde. Natürlich weiß er es.

Unsere Blicke treffen sich, und Worte werden überflüssig —die unausgesprochene Spannung zweier Menschen, die unzählige Male am Telefon mit Andeutungen auf genau diesen

Moment hingespielt haben. Seine Wüstenstiefel sind rasch aufgeschnürt und neben der Tür abgelegt, gerade als meine Hand seine findet, und wir gehen mit der brennenden Gewissheit eines seit Langem geschmiedeten Plans zum Badezimmer. Der Dampf des wartenden Bades kringelt sich in den Flur, warm und duftend, und hüllt uns wie ein Versprechen ein.

Endlich bin ich unbewacht—nicht entblößt, sondern gesehen. Und plötzlich möchte auch ich ihn sehen. Nicht nur den Mann, mit dem ich jeden Tag spreche. Nicht die Uniform. Ihn. Mehr von ihm.

So beginne ich.

Ich öffne jeden Knopf langsam, vorsichtig—nicht, um zu necken, nicht, um zu testen, sondern weil es zählt. Als würde ich etwas ablegen, das nicht länger zwischen uns stehen darf. Sein Hemd, sein Unterhemd, der Gürtel, noch warm von seinem Körper. Der Wüstensand haftet leicht am Stoff. Ich lasse ihn dort, wo er ist.

Marc steht da, reglos und still, sieht mich nicht mit hungrigem Blick an, sondern mit einer Art Ehrfurcht, als sei dieser Augenblick selbst für ihn etwas Seltenes. Und ich habe ihn auch nicht erlebt. Nicht so.

Keine Eile. Nur das langsame Streichen meiner Hände, das Geräusch unseres Atmens. Es fühlt sich … feierlich an. Nicht auf laute Weise. So, wie ein Gebet eine Feier sein kann. So, wie die Wahrheit ist. Als ich schließlich aufschaue, formt sich sein Mund zu einem entzückten Lächeln, als wollte er sagen: Danke. Ich gehöre dir auch.

Ich zünde Kerzen an; ihr Schein flackert über die Fliesen, und leise Musik erfüllt den Raum. Er tritt näher, seine Finger finden den ersten Knopf meiner Bluse. Einer nach dem anderen lösen sie sich. Das Streifen seiner Fingerknöchel lässt mich erzittern.

„Du hast das schon einmal gemacht", murmle ich, ein Lächeln umspielt meine Lippen. Sein Blick, der darauf folgt, vereint Schalk und Gewissheit.

Meine Bluse fällt, dann der Rest; jedes Stück lässt mich leichter und entblößter zurück, bis nur noch sein Blick auf mir verweilt. Sein Mund streift meinen Hals, langsam und bedächtig, und ich muss die Augen schließen, um mich zu fassen. Ich brauche die Pause, einen Atemzug zwischen dem Zittern und dem, was als Nächstes kommt, also wende ich mich zur Wanne und prüfe das Wasser—es schimmert einladend.

Ich lasse mich behutsam in die Wanne gleiten. Er folgt mir, schiebt sich hinter mich; sein Körper presst sich eng an meinen, unverkennbar in seinem Verlangen. Das Wasser kräuselt sich bei jeder unserer Bewegungen. Seine Hände beginnen eine zärtliche Reise über meine Haut, nicht gehetzt, nicht fordernd—genießend, teilend. Wir nippen am Wein, tauschen leises Lachen, und das Kerzenlicht lässt die Ränder des Augenblicks verschwimmen. Ich lehne mich an ihn zurück, schließe die Augen und lasse die letzte meiner Spannungen los—Kiefer, Schultern, Herz.

Wir bleiben lange dort, lange genug, dass das Wasser abkühlt, die Kerzen schwächer werden, unsere Finger schrumpeln und unser Gespräch in vertraute Stille übergeht. Erst dann stehen wir auf, widerstrebend, aber lächelnd; eine Wärme gleitet wortlos zwischen uns hindurch.

Er trocknet mich langsam und prägt sich meine Form mit jedem bedachten Strich ein. Ich erwidere den Gefallen. Es bleibt achtsam, nicht hektisch.

Wir eilen nicht ins Schlafzimmer; wir sind längst in einer innigen Umarmung. Als wir schließlich unter die Laken gleiten, ist es ein fließender Übergang—unsere Körper wissen instinktiv den Weg. Das Schlafzimmer ist schwach beleuchtet; Kerzen werfen ein sanftes Flackern. Die kühlen Laken empfangen mich, als ich mich zurücklehne; er folgt nicht hastig, sondern mit einer zärtlichen Ankunft, leise, ganz und gar. Seine Lippen finden wieder meine, langsamer, sanfter, als entdeckte er mich neu. Seine Hände erkunden mich, nicht um zu erobern, sondern aus stiller Neugier.

Ein Schauer fährt mir durch den Körper, als er innehält und mich wirklich anschaut; in seinen Augen liegt etwas Einzigartiges: nicht nur Verlangen, sondern Fürsorge. Wir stimmen unseren Atem aufeinander ab, lachen leise über die gelegentliche Verlegenheit und wiegen zärtlich die Gesichter des anderen in den Händen. Wenn wir uns schließlich vereinen, ist es nicht der Höhepunkt, der mich überwältigt, sondern alles, was zu ihm hinführt und alles, was ihm folgt.

Später, als wir unter dem sich abkühlenden Laken ineinander verschlungen liegen und das rhythmische Summen der Klimaanlage den Raum erfüllt, legt er seine Lippen sanft auf meine Schulter. Wir sprechen nicht. Es braucht keine Worte. Aber wir wissen, dass etwas begonnen hat. Eine Grenze ist überschritten worden, subtil, aber unverkennbar. Das ist kein Flirten mehr, keine Möglichkeit. Es ist jetzt echt. Und ich beginne zu begreifen, was das bedeutet.

Der Schlaf entzieht sich uns, während wir versuchen, zurückzugewinnen, was uns die Distanz verwehrt hat; unser gemeinsames Schweigen spricht Bände. In der Stille der

Nacht lieben wir uns noch einmal, jede Bewegung bewusst, jede Berührung eine Erinnerung. Es geht nicht um Entdeckung, sondern darum, das Vertraute zu schätzen und festzuhalten, im Wissen, dass es schließlich wieder entgleiten wird.

Als das erste Morgenlicht durch die Vorhänge schleicht, zieht er mit ruhigen, präzisen Bewegungen seine Uniform an, seine Gesten sanft und kontrolliert. Er drückt mir noch einen letzten, zärtlichen Kuss auf die Schulter, bevor er lautlos hinausgeht, zurück in seine Welt. Er war sieben Stunden bei mir —nicht die längste Zeit, die ich je mit einem Mann verbracht habe, aber anders auf eine Weise, die ich nicht benennen kann. Es ist nicht die Anzahl der Stunden. Es ist die Art, wie sie sich anfühlten: vollkommen, unbeeilt, als sei nichts geliehen gewesen.

Das erste Mal, als ich mich vollkommen begehrt fühlte

Ich hatte andere Männer gekannt. Nette Männer. Charmante Männer. Männer, die Teile von mir gewollt hatten—meinen Körper, meine Geschichten, mein Schweigen. Aber Marc war anders gewesen. Er hatte nicht genommen; er hatte empfangen. Und indem er das tat, hatte er etwas zurückgegeben. Es war nicht nur der Sex gewesen. Es war das, was danach kam. Die Art, wie er mich angesehen hatte— klar, ohne Scham. Die Art, wie er mich einfach sein ließ. Die Art, wie er mich weich sein ließ und mich niemals dafür schlecht fühlen ließ. Das war das erste Mal gewesen, dass ich mich vollständig begehrt fühlte. Nicht in Stücken. Nicht unter Bedingungen. Nicht mit Vorsicht. Ganz ich. Und ich glaubte—nein, ich wusste—dass es etwas in mir für immer verändert hatte.

Nachdem er gegangen war, lag ich da, der Raum still, bis auf meinen eigenen Herzschlag, der mit lebendiger Intensität pochte. Lange vergrabene Gefühle wallten in mir auf, überschwemmten mich mit einem neu gewonnenen Bewusstsein, einem Leben, das ich mich nie getraut hatte, für mich zu beanspruchen.

Ich habe nie gefragt. Nicht ihn. Nicht mich selbst. Ich wunderte mich nicht darüber, was in seinem Kopf vorging—ob er an seine Frau dachte, ob er sich einredete, sie sei weit weg und würde es niemals erfahren. Sie offenbar nicht. War es ihm egal? War es berechnet? Oder war es einfach ... menschlich? Ich wusste es nicht. Und damals wollte ich es nicht wissen. Erst jetzt—all diese Jahre später—ertappe ich mich dabei, mir diese Fragen zu stellen. Nicht weil ich es bereue. Das tue ich nicht. Sondern weil ich die Dinge heute anders sehe. Mit mehr Sanftheit. Und mehr Klarheit. So vieles hatte ich bewusst nicht sehen wollen.

Ich gehe am Samstag zur Arbeit, zum Beginn der Arbeitswoche. So ist es bei mir. Ich sortiere Visaanträge. Ich stemple Pässe. Ich beantworte dieselben Reisefragen, die mir schon hundertmal gestellt wurden. Aber eigentlich bin ich nicht wirklich da. Mein Körper, lebendig trotz der Müdigkeit, vollzieht die Abläufe, doch mein Geist ist ganz woanders—noch immer durchtränkt vom Kerzenlicht und vom Badewasser, noch immer folge ich der Erinnerung an seine Hände, seinen Atem, die Art, wie er mich ansah, als ich ihn auszog, als hätte das etwas bedeutet.

Das Licht in meinem Büro erscheint zu grell. Jede Stimme zu scharf. Sogar mein Tee schmeckt falsch. Und unter alldem trage ich etwas Weiches und Ungewohntes in mir—keine Reue, keine Schuld. Nur ... Erfüllung. Als wäre ich in eine neue Version meiner selbst getreten, und die alte hätte noch nicht ganz nachgezogen.

Zwei Wochen gleiten dahin, jeder Tag verschmilzt mit dem nächsten. Die Arbeit hält mich auf Trab; ich vergrabe mich unter Stapeln von Akten und Reisepässen, während Marc an der angespannten Nachkriegsgrenze stationiert ist, die Augen stets auf den Horizont gerichtet. Diese Tage dehnen sich endlos und rinnen mir doch wie Sand durch die Finger.

Wir haben uns an eine wohltuende Routine eingewöhnt: jeden Nachmittag, nach dem Trott der Arbeit und dem Mittagessen, sinke ich in die Polster des abgewetzten blauen Sofas, eine Zigarette zwischen den Fingern, und wir reden fünfundvierzig Minuten. Es ist der hellste Moment meiner sonst so monotonen Tage. Wir holen jene magische erste Nacht wieder hervor, erinnern uns an jeden Blick, an jeden Kuss, der uns den Atem geraubt hat, an jedes geflüsterte Wort. Zu meiner Überraschung löst das gemeinsame Wiedererleben dieser Augenblicke fast dasselbe Kribbeln aus wie damals.

Ein paarmal schafft er es, nach Kuwait-Stadt zu kommen, indem er sich über Nacht von seinem Posten wegschleicht. Wir gehen nicht aus. Das müssen wir nicht. Wir verbringen die Zeit zurückgezogen in meiner Wohnung, ineinander verschlungen, lieben uns, teilen einfache Mahlzeiten und lassen die Welt draußen einfach verschwinden.

Später schütte ich mein Herz aus—in meinem Tagebuch. Ich liebe mein Leben. Und mein Leben mit Marc. Er ist aufmerksamer, präsenter und liebevoller als jeder Mann, den ich je gekannt habe; sein ganzes Wesen hüllt mich ein wie eine warme Umarmung. Ich hätte nie gedacht, dass eine solche Tiefe der Verbundenheit möglich wäre. Und doch setze ich mir eine Regel: mich nicht zu verlieben.

So sehr ich es versuchte — und das tat ich — konnte ich es natürlich nicht verhindern. Ich verliebte mich schneller, als ich mich schützen konnte. Und ich ahnte, dass genau darin der wahre Schmerz liegen würde. Denn ich wusste auch, dass es nicht von Dauer sein würde.

Ich denke nur für einen Moment daran, zu fragen, ob es mehr geben könnte — etwas Dauerhaftes, etwas jenseits dieses verborgenen Raums, den wir für uns geschaffen haben. Die Frage schwebt unausgesprochen zwischen uns, doch ich spreche sie nicht aus. Und er stellt sie auch nicht.

Wir beide kennen die Antwort. Nicht, weil wir sie ausgesprochen hätten, sondern weil sie längst da ist — in der Art, wie wir uns halten, und in der Art, wie wir loslassen. Das ist keine Liebe, die bleiben darf. Wir nennen sie nie beim Namen, geben uns nie Versprechen, die wir nicht halten könnten. Und doch durchzieht diese Wahrheit alles. Vielleicht ist es genau deshalb, dass jeder Moment schärfer schneidet, als er sollte. Intensiver. Trauriger. Aufgeladen mit einer Dringlichkeit, die ich nicht abschütteln kann, als stünden wir immer nur einen Atemzug vom Abschied entfernt.

Unsere Verbindung geht so tief, dass ich sie bis in die Knochen spüre: Wären wir uns zwei Jahre früher begegnet, hätten wir ohne Zögern geheiratet. Diese zwei Jahre, dieser Abgrund an Zeit, haben uns alles gekostet. Wir sprechen häufiger über den verfänglichen Zeitpunkt, als wir sollten, obwohl wir wissen, dass wir nichts daran ändern können. Und würden wir darin verweilen, würden wir die zerbrechliche Freude, die wir gefunden haben, aufs Spiel setzen.

Ein fremdes Land

Ich fragte ihn einmal, wie er es rechtfertigte, ein solches Doppelleben zu führen. Er sagte, leicht: „Es ist ein bewusster Akt der Nächstenliebe in einem fremden Land." Ich hörte das Gewicht in seinen Worten. Er musste es für sich in etwas Ehrenhaftes verwandeln—diese zwei Leben, diese zwei Frauen: die eine durch ein Versprechen, die andere durch seine Anwesenheit. Er empfand zu viel, als dass er es je schlicht hätte benennen können.

Jahre später gebe ich zu, dass mich jene Formulierung verletzte, nicht weil sie grausam gewesen wäre, sondern weil sie es nicht war. Er glaubte daran. Er stützte sich darauf. Und auf seltsame Weise tat ich das auch.

Er sagt es leicht, sachlich, und ich weiß, dass er es nicht herablassend meint. Was er eigentlich sagt, ist, dass wir beide hier einsam sind, und dass das, was zwischen uns entstanden ist, diese Einsamkeit davon abhält, uns ganz zu verschlingen. Es ist eine Freundlichkeit, die wir einander erweisen, kein Gefallen, den einer von uns dem anderen tut.

Also konzentriere ich mich auf die Gegenwart: unsere Abende, unsere Anrufe, unser Lachen, die Art, wie er mich ansieht, als wäre ich alles, was er sieht. Ich sage mir, in vollen Zügen zu leben, da es kein ordentliches Ende, keinen klaren Weg nach vorn gibt. Aber ich weigere mich auch, mit Reue zu leben—nicht deswegen, nicht wegen ihm.

KAPITEL 5

Die Insel

Erst in der ersten Maiwoche kann Marc länger als ein paar Stunden in die Stadt zurückkehren—und zufällig ist es mein Wochenende. Sobald er es mir sagt, rufe ich Ania und Badr an, meine ständigen Begleiter an so vielen vergangenen Donnerstagen, und frage, ob sie nach *Umm al Maradem* fahren. Wir alle kennen sie einfach als *die Insel*, ein schmaler, unbewohnter Sandstreifen, der vor der Küste Kuwaits im blassen Blau des Wassers liegt.

Die Insel ist unberührt vom Durcheinander der Zivilisation: keine Gebäude, keine Menschen, nichts, was die Stille bricht, und keine neugierigen Köpfe, die den Frieden trüben. Sie war das erste Stück kuwaitischen Bodens, das von der irakischen Besetzung befreit worden war, und für kostbare zehn Stunden bot es eine seltene Zuflucht vor Kuwaits striktem Alkoholverbot—wenn auch nur, weil niemand da war, der es hätte durchsetzen können.

Ich war sehr oft dort, immer mit Ania und Badr. Manchmal brachte ich Freunde mit, andere Male waren wir nur zu dritt. Dann entfaltete sich der Tag in einem mühelosen Fluss aus Salzluft und vertrauter Nähe. Aber dieses Mal wird es anders sein. Marc kommt mit—und irgendwie verändert das alles. Das Vertraute wirkt plötzlich neu, als würde die Insel selbst auf uns achten.

Ich fahre immer gern nach Süden zur belebten Marina, wo Badr sein Boot vertäut hat, nicht nur des Ziels wegen, sondern wegen der Raffinerieanlagen entlang der Strecke. Die Autobahn zieht eine gerade Linie Richtung Saudi-Arabien, gesäumt von kolossalen Ölkomplexen, die wie stählerne Kathedralen majestätisch am Horizont aufragen. Wenn die Nacht hereinbricht, werden diese Anlagen geradezu faszinierend—Fackeltürme zünden und verbrennen überschüssiges Gas in einem feurigen Tanz, während ein Sternenmeer aus

Lichtern den Weg erhellt und die Reisenden durch die tinten-schwarze Weite der Wüste zur Linken führt.

Selbst in den Morgenstunden des Wochenendes ist der Verkehr dicht—nicht nur, weil dies die einzige Route nach Saudi-Arabien ist, sondern auch wegen der kuwaitischen Lei-denschaft für ihre Yachten, von denen einige so prächtig sind, dass man sie leicht für kleine Schiffe halten könnte.

Badrs Boot, ein schlankes weißes Boot mit poliertem Deck und robustem Rumpf, ist schlicht, aber verlässlich. Sein Mo-tor ist stark genug, um selbst aufgewühlte See zu schneiden, und an Bord gibt es Platz für acht Personen—genug für Kom-fort, genug für Gemeinschaft.

Marc und ich kommen am Steg an, jeder von uns trägt eine Kühlbox—schwer und prall gefüllt mit eisgekühlten Wasserflaschen, eiskalten Bierdosen und Blechen mit mari-niertem Hühnchen, das verheißungsvoll nach Knoblauch und Kräutern duftet. Die Sonne steht hoch am kobaltblauen Him-mel und wirft scharfe Schatten, und obwohl am fernen Hori-zont ein gelbbrauner Sandsturm aufzuziehen droht, versi-chern uns unsere Freunde, er werde die Insel verschonen. Sie versprechen sogar einen Sonnenuntergang, der den Himmel in atemberaubende Farben tauchen wird.

Gut gelaunt klettern wir an Bord, umarmen uns und tau-schen schnelle, warme Grüße. Wir verstauen unsere Regen-schirme, die kunstvoll gearbeiteten Shishas und die mit Erfri-schungen gefüllten Kühlboxen. Vor uns liegt das Meer, eine weite Fläche aus glasigem, ruhigem Blau. Der Motor erwacht mit einem tiefen, kehligen Grollen zum Leben, und der Bug hebt sich, als wir mit Vollgas hinausschießen.

Ich lasse mich im Heck nieder und spüre die Vibration des Motors unter mir. Marc legt den Arm um mich; seine Finger zeichnen leichte Muster über meinen Hals und meine Schulter und schicken ein wohliges Frösteln meinen Rücken hinab. Meine Hand ruht auf seinem Oberschenkel, angeschmiegt an den Stoff seiner marineblauen Shorts.

Ania wirft mir vom Steuer aus einen Blick zu. Unsere Augen begegnen sich, und ich muss grinsen, unfähig, die Freude in mir zu verbergen. Sie nickt, ihr Ausdruck ein stiller Spiegel meines Glücks, während das Boot das Wasser teilt und eine funkelnde Spur hinter uns lässt.

Ich bin dankbar, dass sowohl Ania als auch Badr Marc sofort mit einer Selbstverständlichkeit aufnehmen; ihre offene, unverstellte Herzlichkeit macht klar, dass er mühelos in unser geliebtes Wochenendritual hineinpasst. Niemand fragt nach einem Beziehungsstatus, der ohnehin offensichtlich ist; als ich ihn beiläufig vorstelle, legt sich ein stilles Einverständnis über die Runde—damit ist alles gesagt. In unserem kleinen Kreis ist Verurteilung ein Fremdwort. Unser Motto ist schlicht: Es ist, wie es ist—und es passt zu uns.

Nach fünfundvierzig Minuten Fahrt über den weiten Golf werden wir langsamer, als die Insel auftaucht—fern und schimmernd, wie eine Fata Morgana. In den flachen Stellen ist das Wasser so klar, dass ich die filigranen Muster des Sonnenlichts auf dem sandigen Grund tanzen sehe, während Schwärme kleiner Fische verspielt durch unser Kielwasser schießen. Ich ziehe meine Badeschuhe an, die sich eng um meine Füße schmiegen, und warte auf das vertraute Zeichen. Marc, mit seiner üblichen Begeisterung, steht schon bereit, um zu springen, sobald wir nah genug sind. Badr steuert das Boot ruhig und sicher, stellt mit geübter Hand den Motor ab, und wir treiben langsam auf den einladenden Sandstrand zu. Dann watet er ins Wasser, vorsichtig, um Seesterne und dornige Seeigel nicht zu stören, bevor er den Anker mit leisem Platschen fallen lässt. Die Leine spannt sich, das Boot legt sich an seinen Platz—und im nächsten Augenblick springen Marc und ich über Bord. Das warme Wasser des Golfs steigt um uns auf, während die Insel vor uns wartet. Er taucht lachend auf und schüttelt die Tropfen aus dem Haar. „Wie ein Bad—nur besser", grinst er. Ich spritze ihn an und lächle zurück. „Pass auf, sonst lasse ich dich das heute Abend beweisen."

Noch lachend waten wir ans Ufer, laden unsere Ausrüstung ab und beginnen, das Lager aufzubauen: große Handtücher breiten sich über dem warmen Sand aus, übergroße Kissen türmen sich im Schatten breiter Sonnenschirme, der tragbare Grill steht so, dass er die Brise einfängt. Ania setzt die Shisha zusammen, während Badr den kleinen Klapptisch für Backgammon aufstellt. Alles wirkt lässig und doch bewusst —ein gemeinsames Ritual, eingeübt und vertraut.

Bald liegen wir ausgestreckt im Schatten, sinken in die Weichheit der Kissen, während der Grill knistert und den Duft von gebratenem Fleisch in die salzige Luft schickt. Wohlriechender Rauch der Shisha treibt träge in der Brise, während wir Backgammon spielen, das Klackern der Würfel begleitet unser Lachen. Ania sitzt im Schneidersitz, die Augen fest auf das Brett gerichtet, während Marc sich neben ihr ausstreckt, seinen Rücken an meine Knie gelehnt, als wäre das das Natürlichste der Welt. Ich tue so, als würde ich in einem Taschenroman lesen, aber mein Blick wandert immer wieder —zur Leichtigkeit zwischen uns, zum sonnengebleichten Fluss des späten Vormittags, zu der Art, wie seine Hand gedankenverloren Sand von meinem Bein streicht, als wären wir schon immer hier gewesen.

Von Zeit zu Zeit verziehen wir uns zum Boot—nur wir beide, das Meer sich sanft unter uns wiegend. Dort draußen reduziert sich alles aufs Wesentliche. Wir wechseln zwischen Reden und Berühren, manchmal langsam und gedämpft, manchmal nicht. Es geht nicht um Inszenierung, sondern um Ungestörtheit, um die Erlaubnis, einfach im Bann des anderen zu sein, ohne Unterbrechung.

Später, als wir zum Ufer zurückkehren, öffnet sich der Nachmittag wie ein letzter heller Atemzug — warme Haut, feuchte Handtücher, Blicke, die direkt unter die Haut gehen. Um uns nichts als Sonne, Salz und dieses leise Nachglühen, das bleibt, wenn alle Worte längst verstummt sind. Die Welt hält Abstand, bleibt irgendwo hinter dem flachen Horizont zurück, fortgespült vom Rhythmus der Wellen und der mühelosen Leichtigkeit, in die wir für diesen Moment hineingleiten, als gäbe es nichts außerhalb von uns beiden.

Der ganze Tag entfaltet sich, als gäbe es Kuwaits strenge Vorschriften nicht. Wir lachen offen, trinken ohne einen verstohlenen Blick über die Schulter und halten einander mit einer unbeschwerten Selbstverständlichkeit fest. Die Insel zeigt sich von ihrer schönsten Seite: die Sonne, die unsere Haut wärmt, das salzige Wasser, das verspielt gegen unsere Beine schlägt, und die Nähe von Freunden, die sich längst wie Familie anfühlen.

Viel zu bald sinkt die Sonne und wirft lange Schatten über den Sand. Zeit, zusammenzupacken. Wir bewegen uns schnell, wie immer—Handtücher ausgeschüttelt, Geschirr im Meerwasser gespült, alles wieder in die Taschen verstaut, als wären wir nie hier gewesen.

Auf dem Rückweg dröhnen die Motoren, das Vibrieren geht durch den ganzen Rumpf, während wir über das abendliche Wasser schneiden. Das Meer liegt jetzt ruhiger da, durchzogen von flachen Lichtstreifen. Wie auf dem Hinweg sitzen wir hinten im Boot nebeneinander; der Wind zupft an meinem sonnengebleichten Haar, unsere Gesichter leuchten noch von der Sonne. Der Himmel kippt von Gold zu Rosa, dann in ein tieferes Blau. Marcs Finger ziehen sanfte Kreise auf meinem Arm—ein privates Spiel, das wagemutiger wirkt als das Meer um uns. Die Küste kommt näher, und mit ihr die beinahe ernüchternde Rückkehr in den Alltag.

Ein paar Seevögel folgen uns, ihre Flügel streifen das Wasser, als wollten auch sie noch nicht nach Hause.

Zurück am Festland tauschen wir herzliche Umarmungen mit unseren Gastgebern; ihre Gesichter tragen dieses beiläufige Versprechen, bald wiederzukommen. Wir versichern ihnen, dass wir es tun werden—und meinen es. Im Auto verschränkt Marc seine Finger mit meinen, ein vertrauter, tröstlicher Griff, während wir den Tag schweigend noch einmal durchgehen und jeden Moment schon im goldenen Schimmer der Erinnerung festhalten. Draußen ziehen die hoch aufragenden Ölraffinerien vorbei, die den Nachthimmel wie eine zweite Stadt erleuchten; ihr flackernder Schein erinnert uns daran, dass die Welt jenseits dieses Inselglücks schon auf uns wartet.

Abseits unserer Wochenendfluchten auf die Insel ist das Leben enger. Eingeschränkter. Wir gleiten zurück in unsere Routinen—meine Arbeit in der Botschaft, seine langen Fahrten, unsere Besorgungen in der Hitze und die Abende hinter verschlossenen Türen. Und doch lässt Marc selbst die kleinsten Momente vor Spannung vibrieren. Er taucht mit einer pulsierenden Energie auf, als sei er ganz da, selbst wenn wir nur Kaffee kochen oder die Wäsche zusammenlegen.

Er ist nicht dramatisch in seinem Liebesspiel. Nichts geschieht hastig. Alles zwischen uns entfaltet sich langsam, durch kleine Gespräche und stille Gesten, die mehr sagen, als Worte je könnten. Ein Blick quer durch den Raum. Eine hochgezogene Augenbraue. Ein leises „Ist das in Ordnung?", bevor seine Finger meine streifen.

Es ist ein Geben und Nehmen, in das wir ohne ein Wort hineingleiten. Eine Art Choreografie, die wir unterwegs erfinden. Wir gleichen uns oft ab, nicht weil wir zweifeln, sondern weil es uns wichtig ist. Jede Entscheidung—ein wenig länger zu bleiben, zu berühren, zu vertrauen—treffen wir gemeinsam.

Unter den gegebenen Umständen ist nichts an diesem—unserem—Leben einfach. Aber es ist echt. Und fürs Erste reicht das.

Ich fühle mich begehrt, ohne jeden Zweifel. Noch stärker fühle ich mich geborgen. Wirklich gesehen. Wirklich verstanden. Bei ihm habe ich ein Zuhause gefunden. Zum ersten Mal seit Langem überflutet mich Zufriedenheit—ich bin wirklich glücklich. Die Ungewissheit dessen, was vor uns liegt, kann warten. Ich sage es mir so oft wie nötig: „Das regeln wir, wenn es so weit ist."

Fürs Erste haben wir *die Insel*. Wir haben einander. Und wir haben ein Bett, das uns in Wärme hüllt—einen Ort, den wir kaum verlassen können.

KAPITEL 6

Der erste Schmerz

Es ist Anfang Mai, kaum ein Monat ist vergangen, seit wir eine unsichtbare Grenze überschritten haben. Eines Abends, bei gegrilltem Fisch und einer Flasche eiskalten Weißweins, sagt er es, als spräche er vom Wetter. „Ende Mai. Zypern. Zehn Tage." Seine Frau wird hinfliegen, und er wird sie dort treffen. Der Besuch steht seit Monaten im Kalender, mit Bleistift in ein Leben eingetragen, dessen Teil ich nicht bin. Er sagt es beiläufig, fast freundlich, als wolle er die Schärfe mildern. Ich hebe mein Glas, tue so, als berührten mich die Worte nicht. Doch das tun sie. Und das werden sie immer.

Der Schmerz gehört allein mir. Er setzt kurz bevor er nach Zypern aufbricht ein—scharf, bestimmt, wie etwas, wofür ich mich unbewusst längst gewappnet habe. Ich zähle die Tage in banger Erwartung. Er zählt sie, vermute ich, mit wachsender Vorfreude. Seine Frau ist nicht weit weg—sie ist in Europa, leibhaftig, und wartet auf ihn. Einsätze der Vereinten Nationen schließen die Familie nicht ein. Keine Ehepartner. Keine Kinder. Nur Uniformen, die Wüste und ein endloser Kreislauf von Entlastungstrupps—Soldaten, die ein- und ausrücken und einander ablösen.

Mein Auftrag trägt ein anderes Gewicht, in der Routine verwurzelt, gebunden an das Protokoll der Botschaft und an eine Aufenthaltserlaubnis, die nur den Anschein von Beständigkeit vermittelt. Seine Welt ist von Vergänglichkeit geprägt: Checkpoints, Staub und lange Schweigen, die nur von kurzen Momenten des Lebens unterbrochen werden.

Und doch bin ich gerade jetzt, in diesem Dazwischen, diejenige, zu der er nach Hause kommt. Nicht offiziell. Nicht für immer. Aber in jeder Hinsicht, die zählt—in den gestohlenen Stunden, in der Art, wie er die Tür hinter sich schließt und die Schlüssel in die Schale fallen lässt, als hätte das eine Bedeutung.

Das ist der erste Besuch bei seiner Frau, seit wir uns so in-einander verstrickt haben—wir wussten beide, dass er kommen würde, doch das Vorwissen verleiht dem Schmerz nur mehr Kontur. Es ist nicht nur seine Abwesenheit, die mich zerreißt, sondern die Gewissheit, dass er neben jemand anderem schlafen wird—seiner Frau—ihr die Worte zuflüstern, die er mir geflüstert hat, bevor er, wenn auch nur kurz, in das Leben zurückkehrt, das wir in gestohlenen Momenten aufgebaut haben. Eine Eifersucht, die ich kaum ertrage, steigt in mir auf, die ich mir selbst kaum eingestehe. Ich erinnere mich: Wir haben dem zugestimmt. Ich habe mich dafür entschieden. Doch mein Herz hat nie zugestimmt.

Die Woche vor seiner Abreise verhalten wir uns, als sei nichts im Argen: Abendessen mit Freunden, gemeinsame Witze, öffentliches Lachen. Er sieht selten jemand anderen an, und während ein Teil von mir diese Nähe bewahrt, fragt sich ein anderer, ob ich mich dabei verliere.

Etwa zwei Wochen bevor er abreist, steht der Expat-Sommerball im International Hotel an, der den Höhepunkt der Frühjahrssaison markiert—und unsere Gelegenheit, so zu tun, als ginge nichts zu Ende. Ich schlüpfe in ein fließendes weißes Kleid mit zarten hellblauen Pünktchen, der Stoff kühl auf meiner Haut. Marc trägt eine maßgeschneiderte graue Hose, die zu seinem makellos gebügelten weißen Hemd passt, eine marineblaue Fliege, perfekt gebunden an seinem Hals, und ein passendes Sakko, das lässig auf seinen Schultern ruht. Als wir auf dem Weg zur Tür vor dem bodenlangen Spiegel innehalten, stocke ich. Wir könnten einer Postkarte entsprungen sein. Oder einem Versprechen. Seine Hand findet meinen unteren Rücken. Unsere Spiegelbilder neigen sich mühelos zueinander. Wir passen. Unbestreitbar.

„Schau uns an", murmelte er. Ich ließ ein leises, erstauntes Lachen entweichen, völlig überrascht von der Wahrheit dieses Augenblicks.

So müsste es sein.

Und für eine gefährliche Sekunde glaubte ich tatsächlich, es könnte so sein.

Hand in Hand betreten wir den Ball, treten, als würden wir in ein anderes Leben schreiten. Draußen am Pool füllen sich bereits runde Tische zu acht oder zehn mit Gästen aus Italien, Frankreich, Amerika und Deutschland. Heimlich mitgebrachte Biere und Weine fließen reichlich—der Wein in Glaskaraffen dekantiert, das Bier in gefrosteten Gläsern serviert, beides diskret, aber selbstverständlich im Umlauf. Die Luft ist weich und schwer, erfüllt von Wärme und dem fernen Klang von Gelächter. Das blaue Wasser des Pools schimmert im Flutlicht. Zwischen den Palmen hängen Lichterketten mit goldenen Kugeln, dazu das leise Klirren von Glas und das Murmeln von Gästen, die versuchen, nicht über die Arbeit zu sprechen. René ist da, makellos gekleidet, er macht einen Scherz mit unseren deutschen Freunden am Getränketisch. Wir gesellen uns zu ihnen—entspanntes Geplauder, und schon sind wir bei der zweiten Runde Drinks.

Es gibt sogar eine Live-Band, und wenn die Musik sich mit der warmen Abendluft mischt, gerät für ein paar Stunden alles in Schwebe: die Hitze, die Geschichte, sogar die Vorsicht. Marc fragt nicht wirklich, er bietet seine Hand an—ausgestreckt, die Haltung gerade.

„Darf ich?", sagt er mit ruhiger Stimme.

Doch in seinen Augen tanzt schon etwas. Wir drehen uns und wiegen uns, unsere Füße berühren kaum die polierten

Fliesen. Lachen schwebt durch die Nacht, und ein leises Hochgefühl durchströmt unsere Adern, während wir beinahe in den Pool stolpern, atemlos und unsicher wegen all des Ungesagten zwischen uns.

Niemand bemerkt unsere Vertrautheit. Niemand hinterfragt die gestohlenen Blicke oder die Art, wie seine Hand ein wenig länger als nötig an meiner Taille ruht. Ehrlich gesagt bin ich ein wenig überrascht. Ich hatte erwartet, dass jemand —irgendwer—die Augenbraue hebt, einen Witz macht oder mich beiseite zieht. Aber niemand tut es.

Vielleicht wählen sie, nur das zu sehen, was ins Narrativ höflicher Blindheit passt. Oder vielleicht nehmen sie stillschweigend hin, dass dies Teil des Preises ist, den wir alle zahlen, wenn wir fern der Heimat leben: eine Lockerung der Regeln, ein stilles Einverständnis, nicht zu genau hinzusehen bei dem Leben, das wir fernab von Konsequenzen aufbauen.

Es ist, als gewähre die Welt uns in jenen flüchtigen Stunden vor der Dämmerung eine vorübergehende Atempause, einen Moment der Vergebung unter den verblassenden Sternen. Doch je heller der Himmel wird, desto näher schiebt sich die unausweichliche Wahrheit: Ich weiß, dass er zu ihr zurückkehren wird. Und die Last dieses unvermeidlichen Abschieds legt sich über mich wie das tiefe, unheilvolle Grollen eines fernen Sturms.

In den Tagen vor seiner Abreise schaffen wir uns eine tröstliche Routine mitten im brodelnden Chaos zwischen uns, in all dem, was wir geworden sind, und in allem, wovon wir wissen, dass wir es niemals sein können. Unsere Mahlzeiten sind schlicht und geschmackvoll, zubereitet aus den wenigen Zutaten, die wir auftreiben können, und wir genießen jeden Bissen an einem kleinen, abgewetzten Tisch in meiner Küche. Wir tauschen Bücher, deren Seiten leicht ausgefranst und vergilbt sind, und versinken in Geschichten, die uns einen vorübergehenden Ausweg aus der Wirklichkeit bieten. Der Fernseher murmelt leise im Hintergrund, liefert kurze Einschnitte von Normalität, während wir Backgammon spielen; das sanfte Klackern der Würfel und das Verschieben der Steine geben unseren Abenden einen eigenen Rhythmus. Er schläft an meiner Seite, unsere Atemzüge synchron, als wäre dies schon immer unser Leben gewesen, trotz der Ungewissheiten, die vor uns liegen.

An manchen Nachmittagen ziehen wir zum verlassenen Pool in der leeren Wohnung seiner Kollegen—eine Adresse, für die er immer noch mitbezahlt, nur um eine Illusion aufrechtzuerhalten. Das Wasser, kühl und klar, reißt uns ins Leben zurück, ein scharfer Gegensatz zur drückenden Hitze, die draußen an allem haftet. Wir schwimmen nah beieinander, eng verwoben in der Gegenwart des anderen, als könnten wir für einen Moment zu einem einzigen Wesen werden und in diesem Gefühl versinken.

Wenn die Ungeduld unsere stille Harmonie stört, ziehen wir uns ins Innere zurück, gleiten lautlos hinter geschlossene Türen, die unsere private Welt bewachen. In der gemeinsamen Stadtwohnung seiner Kollegen—karg, funktional, ohne jedes Persönliche—finden wir Trost in unserer Umarmung. Die Luft um uns steht unter Spannung, durchdrungen von der Intensität unserer Verbindung. Die Wände nehmen sie auf wie ein Echo und schaffen einen Zufluchtsort mitten im Wahnsinn unserer eigenen Welt.

Je mehr sich die Schwere meiner Tage anhäuft, desto mehr sehne ich mich nach einer vertrauten Stimme. Gabby, eine enge Freundin von zu Hause, sagt zu, mich zu besuchen — ihre zweite Reise nach Kuwait. Ich warte am Flughafen auf sie und gehe den Moment in Gedanken immer wieder durch. Was ich sagen werde. Wie ich es sagen werde. Den Augenblick, in dem ich die Worte endlich ausspreche: Da gibt es jemanden.

Und obwohl ich ihr wirklich vertraue, regt sich ein kleiner Zweifel in mir. Wird sie es verstehen? Wird sie mich anders sehen — nicht mit Missbilligung, aber vielleicht mit leiser Verwunderung oder, schlimmer noch, mit Mitleid? Ich ärgere mich, dass mir dieser Gedanke überhaupt kommt. Aber er kommt.

Trotzdem weiß ich, dass ich es ihr sagen werde. Manche Wahrheiten drängen sich nach draußen, noch bevor wir wissen, wie sie aufgenommen werden.

Als Gabby schließlich in die Ankunftshalle tritt, erkenne ich sie, bevor sie mich bemerkt. Sie wirkt müde von der Reise, aber vertraut wie immer. Sobald sie mich sieht, hellt sich ihr Gesicht auf; die Augenwinkel ziehen sich zu dem Grinsen zusammen, das ich seit Jahren kenne. Wärme steigt in mir auf, schneller, als ich sie zügeln kann. Ich habe noch kein Wort gesagt, und doch weiß ich in diesem Moment, dass ich es ihr sagen will. „Da gibt es jemanden", rutschen mir die Worte heraus, bevor ich sie zurückhalten kann. Sie blinzelt nicht einmal. Ihr Grinsen wird breiter, und sie zieht mich in eine feste Umarmung. „Ich wusste es", sagt sie. „Erzähl mir alles."

Auf dem Rückweg vom Flughafen zum Botschaftsgebäude erzähle ich ihr jedes Detail: wie ich ihn zum ersten Mal auf der Cocktailparty des Botschafters sah, wie er auf der Terrasse stand, ein Glas Wein in der Hand, wie wir bis tief in die Nacht Backgammon spielten und wie er mich in der Stille kurz vor der Morgendämmerung küsste. Und natürlich berichte ich ihr von Marcs Kollegen René — seiner höflichen, unaufgeregten Art und dem Humor, der alle um ihn herum entspannt. Sie sitzt neben mir, nickt hin und wieder, ihre Augen glänzen vor Neugier, während sie mir gespannt zuhört.

Da Gabby schon einmal in Kuwait gewesen ist, findet sie sich schnell zurecht und fährt mit meinem Auto durch Kuwait-Stadt, während ich morgens zur Arbeit gehe. Die Nachmittage verbringen wir gemeinsam damit, die neuen Einkaufszentren zu erkunden, die seit ihrem letzten Besuch eröffnet wurden, und abends sind wir bei meinen deutschen Freunden zum Essen eingeladen. Wenn Marc und René an ihren freien Tagen in der Stadt sind, wachsen wir rasch zu einem engen Quartett zusammen — Marc, René, Gabby und ich. Wir teilen Mittagessen, die ich mit Gabbys Hilfe zubereitet habe, und Abende voller Lachen und Gespräche. Eine Verbundenheit, die sich nur vertieft, je näher Marcs Abreise nach Zypern rückt.

An einem heißen, flimmernden Nachmittag steigen wir in meinen staubblauen Sedan und fahren südwärts in eine Stadt namens Ahmadi. Dort, wo die einst verkohlten Ölfelder Kuwaits — von der irakischen Armee niedergebrannt — langsam wieder zum Leben erwachen, schiebt sich an einigen Stellen vorsichtig Grün durch die geschwärzte Erde. René hält das Lenkrad mit entspannter Selbstverständlichkeit, während Gabby auf dem Beifahrersitz lebhaft plaudert, ihr Lachen mischt sich mit dem Brummen des Motors. Marc und ich sitzen eng beieinander auf der Rückbank, unsere Schultern streifen sich. Er lehnt sich zu mir, sein Atem wärmt mein Ohr, und er flüstert leise auf Deutsch: „Ich hab dich sehr, sehr lieb."

Nicht „Ich liebe dich." Nicht die große Geste. Etwas Sanfteres. Tiefer. Im Deutschen liegt Ich hab dich lieb *in dem Raum zwischen Zuneigung und Hingabe—weniger feierlich als Liebe, aber intimer. Es bedeutet: Du bist mir wichtig. Du gehörst zu mir. Bei dir bin ich sicher.*

Selbst jetzt noch spüre ich seinen Atem auf meiner Haut. Und ich schaudere.

Während wir das Gelände unter der unerbittlichen Sonne besichtigen, Wasserflaschen in der Hand, um in der drückenden Hitze nicht auszutrocknen, begegnen sich unsere Blicke in kurzen, heimlichen Momenten—eine stilles, verspieltes Flirten. Hinter uns schlendern Gabby und René gemächlich, in ihre eigene Welt vertieft.

Die Hitze wird uns irgendwann zu viel: Unsere Haut glüht, feiner Staub haftet an uns, und die Kleidung klebt an unseren Körpern. Zurück in Kuwait-Stadt flüchten wir vier in meine Wohnung, die Klimaanlage trifft uns wie eine Welle und spült die Nachmittagshitze von uns ab. Wir verweilen in der Kühle, lachen, wechseln den Staub und Schweiß des Tages gegen frische Kleidung und einen Hauch Parfüm, während leichtes Geplauder von Zimmer zu Zimmer zieht. Jemand öffnet eine Flasche Weißwein, und wir nehmen einen schnellen Schluck—nur so viel, dass die Hitze endgültig von uns abfällt—bevor wir aufbrechen.

Am frühen Abend sind wir auf dem Weg zur Hochzeitsfeier eines kuwaitischen Freundes, die zunächst etwas steif und förmlich wirkt—gedämpft, zurückhaltend, beinahe angespannt. Die Feier ist strikt alkoholfrei, die Luft schwer vom

Murmeln höflicher Gespräche und vom Klingen von Gläsern, die nur mit Fruchtsaft und süßem Tee gefüllt sind. Erst als die Musik einsetzt, verändert sich die Stimmung. Die rhythmischen Beats und lebhaften Melodien ziehen uns auf die Tanzfläche, wo wir zu tanzen beginnen, trinken und mit unbeschwerter Ausgelassenheit lachen.

Gegen Ende der Nacht hat sich zwischen René und Gabby eine spürbare Verbindung entwickelt, ihr Lachen und die verweilenden Blicke voller unausgesprochener Möglichkeiten. Marc und ich tauschen ein kurzes, wissendes Grinsen, bevor wir entscheiden, dass es Zeit ist, dass alle zu mir kommen. René stimmt ohne Zögern zu, und wir fahren in die Nacht hinaus; der warme Wind streicht an uns vorbei—trocken, schwer—die einzige Art von Abendluft, die Kuwait nach Sonnenuntergang kennt. Sogar eine unerwartete Polizeikontrolle dämpft unsere Stimmung nicht, sie hält uns nur für einen Moment auf.

Zu Hause führe ich die beiden in mein Schlafzimmer und biete ihnen das Bett an, während Marc und ich uns auf dem Schlafsofa im Wohnzimmer niederlassen. Marc stellt sich spielerisch schlafend, lässt sich mit übertriebener Theatralik fallen und schnarcht demonstrativ—eine kleine Vorstellung, die er eigens für René aufführt. René scheint noch immer selig ahnungslos gegenüber unserer zärtlichen Vertrautheit, die wir nur wenige Minuten später in den gedämpften Schatten der Nacht teilen.

Die Tage, die folgen, verschwimmen in Farben und Hitze. Feste, Abendessen, Stunden am Pool. Um den Männern etwas Raum zu geben, besuchen Gabby und ich den Stoffsouk, den wir beide so lieben. Wir feilschen, nippen an Tee, lassen uns für Kleider ausmessen, die wir nicht brauchen, und streichen mit den Händen über Rollen aus Seide und Baumwolle in Farben, so intensiv, dass sie wie ein Fest für die Augen wirken.

Eines Morgens, als René wieder an seinem Posten war, nehmen Marc, Gabby und ich an einer von der Botschaft organisierten Führung durch die Staatsmoschee Kuwaits teil, der größten im Land. Es ist das einzige Mal in meinem Leben, dass ich ein Kopftuch trage; der Stoff fühlt sich wie ein unerwünschtes Gewicht in meinem Haar an. Als wir gehen, fange ich im polierten Marmor einen Blick auf mein Spiegelbild auf —und für einen Moment sehe ich jemanden, der nicht ich bin. Marc, der knapp hinter mir läuft, beugt sich vor und murmelt amüsiert: „Nicht dein Stil." Er weiß es. Ich schenke ihm ein flüchtiges Lächeln, das mir für einen Moment auf halbem Weg gefriert.

Im Inneren der Moschee weitet sich die Gebetshalle in eine stille, offene Fläche; ein Raum, der einen unwillkürlich die Stimme senken lässt. Ich ertappe mich dabei, wie ich über die Marmorböden und die filigrane Kalligraphie staune, obwohl der Raum selbst schlicht, beinahe streng bleibt.

Danach schauen wir beim Fischsouk vorbei, wo wir über das staunen, was Kuwaits Fischereien hervorbringen: Körbe winziger silbriger Fische, als wären sie aus einem Netz aus Licht geschüttet; Reihen frischer *Hammour*, sorgfältig auf Eis gelegt; und die glänzenden Schuppen von *Zobaidy* und *Safi*.

Und ein paar Tage später—die Insel. Diesmal nur Gabby, René und ich, eingeladen von Ania und Badr. Marc, der schon zu seinem Posten zurückgekehrt ist und uns deshalb nicht begleiten kann, war es gewesen, der die Idee überhaupt vorgeschlagen hatte. So sehr ich die Zeit mit meinen Freunden auf der Insel liebe, so sehr fehlt er mir; mein Herz schmerzt auf eine Weise, die ich an den Tagen, an denen er nicht bei mir ist, bereits zu erwarten gelernt habe—besonders wenn ich René und Gabby beobachte, die so mühelos miteinander verbunden sind.

Viel zu früh packt Gabby ihren Koffer. Als wir am Nachmittag in der drückenden Hitze zum Flughafen fahren, reden wir darüber, wie viel Spaß wir in den letzten zwei Wochen gehabt haben—mit all den Abendessen, dem Tanzen, der Hitze, den absurden kleinen Abenteuern. Wer hätte gedacht, dass ein Land wie Kuwait—so streng, so zurückhaltend—so viel Grund zum Lachen bieten könnte? Sie umarmt mich fest, bevor sie geht, verspricht zu schreiben, anzurufen und bald zurückzukommen. Ich bleibe noch eine Weile stehen, nachdem sie im Terminal verschwunden ist, und sehe zu, wie die Menge sie nach und nach verschluckt.

Ich bin froh, dass sie gekommen ist. Froh, dass sie ihr kleines Abenteuer mit René hatte, ein Flirt, der nie zu mehr wurde. Ein Teil von mir ist erleichtert, dass sie sich nicht so sehr verstrickt hat wie ich. Ich hätte nicht zusehen können, wie jemand anders in dieselbe unmögliche Sehnsucht stürzt.

Und mit Gabbys Abschied zieht sich auch René zurück. Nicht, weil jemand es ausspricht, sondern weil Marc und ich —kaum sind wir wieder unter uns—die Welt unwillkürlich enger um uns ziehen. Was bleibt, gehört uns. Und René versteht das.

Als ich allein vom Flughafen nach Hause fahre, trifft mich die Leere, die sie hinterlässt—das Echo ihres Lachens in meiner Wohnung, die mühelose Ablenkung, die ihre Anwesenheit bedeutet hat. Ihr Besuch ließ alles leichter erscheinen, wenn auch nur für eine Weile. Jetzt, da sie fort ist, bleibt mir zu viel Raum. Zu viel Stille. Und das Wissen, dass die nächsten Tage die bisher schwersten sein werden.

In der Nacht, bevor er nach Zypern fährt, sitzen wir zusammen auf meinem blauen Sofa. Er trägt Shorts und ein Unterhemd. Ich kuschle mich an ihn, die Beine untergezogen, inzwischen vertraut. Draußen pressen die letzten Maitage gegen die Fenster, die Hitze schwer und reglos, obwohl die Klimaanlage auf voller Leistung heult. Wir haben gerade ein intensives Backgammon-Spiel beendet, als wir anfangen, über unsere Lieblingsmusik zu sprechen. Er rückt in seinem Sitz, greift hinter sich nach dem Leinentäschchen, das er immer bei sich trägt, und zieht eine alte Kassette hervor. Die Melodie ist mir nicht geläufig, doch etwas daran bringt mich aus der Fassung, noch ehe ich die Worte erfasse. Als *Sommermorgen* beginnt, lehnt er sich einfach zurück. Ganz still.

Der Raum füllt sich mit einem Klang, der mich durchdringt. Mitten im Vers blicke ich zu ihm. Er neigt den Kopf, bedächtig. Dieser hier zählt. Wir sagen nichts. Wir brauchen es nicht. Dieses Lied wird Teil unseres gemeinsamen Soundtracks.

Am nächsten Morgen schläft er noch, mit dem Rücken halb zu mir gewandt, ein Arm unter dem Kissen. Ich liege da, beobachte, wie er atmet, und denke: Wenn sonst nichts von Dauer ist, lass mich das behalten. Diesen Morgen. Diese Stille. Dieses Lied.

Wie gern spür' ich dich neben mir erwachen. Wie lieb' ich dich.

Und ich habe es bewahrt

Das Lied blieb bei mir—zu unmittelbar für Jahre, und doch ließ es sich nicht vergessen. Selbst jetzt steigen mir noch die Tränen in die Augen, wenn ich es höre, denn in einem Augenblick bin ich wieder in jenem Zimmer: er lag dort, atmete leise im Schlaf, und ich wünschte, ich könnte die Zeit anhalten, nur noch ein wenig länger.

Ich frage mich, ob er es jemals irgendwo gehört hat und auch nur für einen Moment an mich gedacht hat.

Ich liebte ihn leidenschaftlich, und ich habe gelernt, dass man, sobald man eine solche Liebe gekannt hat, dieses Wissen nicht mehr auslöschen kann.

Egal wie sehr man es versucht.

Wie so oft fährt er am nächsten Morgen wieder in die Wüste, verbringt den Tag an seinem Posten und sitzt am Abend bereits im Flugzeug nach Zypern. Zu ihr. Ein Besuch, den sie verdient hat und auf den sie jedes Recht hat.

Bevor er geht, frage ich nicht, was er denkt. Ich bin zu sehr damit beschäftigt, den Schmerz in meiner Brust auszuhalten, um mir seine Gedanken vorzustellen. Ich versuche, nicht darüber nachzudenken. Und doch drängt sich die Frage auf: *Warum sollte das Schicksal mir ausgerechnet diesen Mann schenken—den ich für alles geben würde—nur um mich immer wieder daran zu erinnern, dass ich ihn nicht behalten kann?*

Ich weiß, dass es auch für ihn nicht leicht ist, so aufzubrechen. Diese Last mitzunehmen. Das Wissen darum, was wir nicht gesagt haben. Ich hörte es in der Stille, bevor er ging, in den Worten, die unausgesprochen blieben. Ich spürte es in der Art, wie er mich fester hielt, in den Bezeichnungen, die er für mich fand: „Liebling", „meine kuwaitische Ehefrau". Er sagte es mit einem Augenzwinkern, leicht und spielerisch, und doch hörte ich das Gewicht darunter. Kuwaitisch nicht wegen der Staatsangehörigkeit, sondern wegen des Ortes. Der Umstände. Der Vorläufigkeit. Selbst jetzt trifft mich diese Formulierung mit voller Wucht.

Und dann ist er weg. Einfach so—ohne Aufhebens, ohne Worte für das, was er zurücklässt. Die Stille ist erdrückend, kaum auszuhalten. Ich weiß, dass er nicht anrufen kann, und ich versuche, mich davon zu überzeugen, nichts zu erwarten. Aber ich warte trotzdem. Besonders jetzt, wo ich ein Handy mit kuwaitischer Nummer habe, immer geladen und in Griffweite. Für alle Fälle. Obwohl ich mir ständig sage, ich solle genau das nicht tun.

Zehn Tage ohne ihn—kann ich das wirklich? Ich habe mein Leben früher allein gemeistert, aber jetzt sehne ich mich nach seiner Stimme, seiner Berührung, nach der mühelosen Art, wie er sich in mein Leben fügt, als wäre es schon immer so gewesen. Manche Nächte brechen mich fast, zerrissen zwischen Wut und Trauer. Das ist der Mann, mit dem ich mir eine Zukunft hätte aufbauen können—wenn alles anders gewesen wäre. Wenn das Timing nicht so grausam gegen uns gearbeitet hätte, als hätten wir uns nur einen Atemzug zu spät gefunden. Der Schmerz ist nicht poetisch; er ist körperlich, greifbar, windet sich in meinem Magen, packt meine Kehle, höhlt meine Brust aus. Und all das, weil ich weiß—mit brutaler Klarheit—dass dieser Mann das Beste ist, was mir je passiert ist. Wenn wir füreinander bestimmt gewesen wären, warum hat gerade die Zeit gegen uns gearbeitet?

Trotzdem frage ich mich, wer hier wirklich verliert. Sie hat den Titel, das Haus, die Legitimität. Was habe ich? Die Sehnsucht. Das Warten. Nächte, die darin enden, dass ich allein liege und sein Duft noch am Kopfkissen neben mir haftet. Ein Teil von mir wagt zu hoffen, dass ich eines Tages doch auf der Seite lande, auf der die Liebe sich nicht hinter Schweigen oder Ausreden versteckt; dort, wo ich ohne Zweifel gewählt werde.

Aber ist es wirklich das, was ich will? Und wenn ja—wann?

Eine Woche verstreicht. Kein Wort. Nur Leere.

Mit Gabbys Weggang senkt sich eine bedrückende Leere über die Wohnung und wirft mir meine eigenen Gedanken wie ein Echo entgegen. Ich stürze mich in die Arbeit, um dieser Leere zu entkommen, doch selbst die Berge an Visaanträgen auf meinem Schreibtisch lenken nur für kurze Zeit ab. Ich bleibe lange in der Botschaft, stemple Pass um Pass ab, in der Hoffnung, die Routine könne Verwirrung und Schmerz übertönen.

Meine deutschen Freunde begegnen mir mit einer schlichten, warmen Fürsorge. Sie laden mich zu sich ein, schenken Bier ein und bieten mir einen Platz an ihren Esstischen, damit ich nicht allein bin. Sie spüren, dass etwas nicht stimmt, aber sie fragen nicht. Sie sind einfach da—tröstlich und zugleich eine Erinnerung daran, was mir fehlt.

In meinem Kopf tobt ein leiser, aber unerbittlicher Kampf. Denkt er an mich? Greift er zum Telefon und hält inne—oder hat er schon begonnen, mich zu vergessen? Ich schwanke zwischen der Hoffnung, dass auch er damit ringt, und der Angst, dass ich immer diejenige war, die man am leichtesten zurückließ.

Ich weiß es nicht.

Ich kann es nicht wissen.

Also warte ich—nicht, weil ich es mir aussuche, sondern weil mir nichts anderes übrig bleibt. Noch nicht.

KAPITEL 7

Die letzte Ausfahrt

Die letzten Tage ohne ihn vergehen schneller, als ich erwartet hätte. Mein Körper, von Grippesymptomen gepeinigt, fühlt sich schwer und träge an. Wellen der Erschöpfung rollen über mich hinweg und ziehen mich in lange, unruhige Schlafphasen. Es ist, als würde mein Verstand eine Schutzmauer errichten, die den scharfen Schmerz in meinem Herzen abfedert, der mich sonst überwältigen könnte. Alltägliche Geräusche wirken fern, die Farben gedämpft. Ich bewege mich langsam durch die Stunden, als wäre alles einen Hauch schwerer, als es sein sollte.

Dann ruft er an, völlig aus dem Nichts. Keine Vorwarnung —nur seine sanfte, vertraute Stimme, die sich durch meine Gedanken schneidet und mir sagt, dass er wieder in Kuwait-Stadt ist. Er erwähnt beiläufig, dass er ein paar Dinge aus dem Supermarkt mitbringen werde, die ich vielleicht brauche, und schlägt vor, wir könnten zusammen baden—als hätte sich nichts verändert.

Einen kurzen Moment lang glaube ich es beinahe. Alles strahlt eine unheimliche Normalität aus, als sei er nie verschwunden, als hätte er nicht gerade Tage mit seiner Frau verbracht, als wäre der Schmerz in meiner Brust nichts weiter als ein Gespinst.

Um 16:30 Uhr schwingt die Tür auf, und ich spüre, wie sich etwas in mir löst. Ich liege zusammengerollt auf dem blauen Sofa, in die vertraute Decke gehüllt; eine Nachrichtensendung brummt im Hintergrund, während meine Gedanken weit weg sind. Und dann ist er da. Tief von der zyprischen Sonne gebräunt, trägt sein Gesicht noch ihre Wärme. Er wirkt, als sei er einfach wieder an seinen Platz zurückgekehrt.

Seine Schlüssel landen mit dem vertrauten Klimpern in der Schale neben der Tür, eine Flasche Wasser hat er schon aus dem Kühlschrank in der Hand.

Er kniet neben mich, küsst mich warm, schlüpft unter die Decke und legt meine Füße in seinen Schoß. Die Art, wie er mich berührt, ist langsam, beinahe bedächtig, als hätten wir alle Zeit der Welt. Etwas in mir regt sich—ich habe ihn so sehr vermisst, und seine Berührung schickt mir ein warmes Schaudern durch den Körper.

Ich stelle keine Fragen. Weder danach, was in den letzten Tagen geschehen ist, noch danach, ob seine Frau eine Veränderung an ihm bemerkt hat. Ich lasse seine Nähe einfach wirken und behüte die Stille zwischen uns wie etwas Kostbares. Genau danach habe ich mich am meisten gesehnt. Keine großen Gesten. Kein Drängen. Nur die einfache Ruhe des Zusammenseins.

Später sagt er, seine Kollegen hätten ihn praktisch zum Abendessen gedrängt, also geht er—„nur für eine Weile", schwört er. Ich bemühe mich, es nicht persönlich zu nehmen, doch es trifft mich dennoch. Die Zeit trägt jetzt das Gewicht eines zarten Schatzes, zu zerbrechlich, um ihn leichtfertig zu teilen.

Als er zurückkommt, früher als erwartet wegen vorgeschobener Müdigkeit, ist es, als wäre er nie fort gewesen. Er lässt sich wieder neben mir auf das blaue Sofa sinken, sein Knie berührt meines—eine winzige, kaum merkliche Berührung, die mich zur Ruhe bringt. Wir wechseln nur wenige Worte. Gerade genug, um uns daran zu erinnern, wer wir füreinander sind. Gerade genug, um vorzugeben, all das sei selbstverständlich.

Er fragt, wie ich ohne ihn zurechtgekommen bin. Ich gestehe, dass ich dem Schmerz einen Platz neben mir eingeräumt habe. Ich habe ihn nicht verjagt und auch nicht versucht, die Stille zu übertönen. Ich habe ihn sein lassen. Ich wusste, worauf ich mich eingelassen hatte, und ich tat mein Möglichstes, es auszuhalten.

„Aber etwas hat sich in dieser Stille verändert", sage ich ihm. „Meine Erinnerungen—einst lebhaft und vom Leben pulsierend—begannen an den Rändern zu verschwimmen, ihre Schärfe zu verlieren, traumhaft zu werden, als hätte ich sie aus dem Nichts heraufbeschworen, als hätten wir nie existiert."

Obwohl ich es ihm nicht sage, erinnert mich das an ein Jahr zuvor—ein anderer Mann, ein ähnlicher Schmerz. Ein weiterer UN-Soldat. Wochenenden auf der Insel. Das Salz des Golfs klebte noch auf seiner Haut, als er mir Gute Nacht sagte. Gemeinsame Zeit ohne Zukunft. Es war, wie Marc es später einmal ausdrücken würde, „ein Akt der aktiven Nächstenliebe in einem fremden Land". Wir mochten einander, aber wir verliebten uns nie. Ihn ließ ich leicht los. Marc nicht. Marc werde ich nicht leicht loslassen.

Als Marc und ich uns zum ersten Mal trafen—lange vor dem ersten Kuss—schien es ganz natürlich, dass er von seiner Frau sprach. Wie sie einander kennengelernt hatten. Wo er ihr den Antrag gemacht hatte. Die Orte, die sie bereist hatten, die Gerichte, die sie liebte, die Zukunft, die sie sich vorgestellt hatten. Ich hörte mühelos zu, so wie er, als ich einst über den Mann sprach, von dem ich mich in Korea getrennt hatte—offen, ohne Zurückhaltung, als gehöre diese Vergangenheit zu einem anderen Leben.

Aber irgendwo unterwegs nahmen diese Geschichten eine andere Gestalt an. Sie hörten auf, harmlose Anekdoten zu sein, und begannen, sich in meinem Kopf auszubreiten. Während seiner Abwesenheit auf Zypern malte ich mir jedes Detail aus—ihre Stimme in seinem Ohr, ihr Gesicht am anderen Ende des Esstisches, ihr Körper in dem Bett, in dem ich nicht sein konnte. Sie war nicht länger einfach seine Frau; sie war der Teil seines Lebens, den ich nicht betreten konnte. Die Tür, die ich nie öffnen würde, egal wie nahe wir uns auch kamen.

Und so spüre ich jetzt, während ich auf meinem—unserem—blauen Sofa neben ihm sitze, wie sich die Wahrheit in meiner Brust staut, bis sie einen Weg nach außen findet.

„Wenn du nicht zu mir zurückgekehrt wärst, wäre es vielleicht besser gewesen. Sauberer." Er blickt mich erschrocken an. „Was meinst du?"

Ich habe keine vollständige Antwort. Ich senke die Augen—eine kleine Geste der Kapitulation—denn in Wahrheit will ich nicht gehen. Noch nicht. Nicht, solange wir Zeit haben. Nicht, solange diese zerbrechliche Liebe noch zwischen uns schwebt.

Er sagt, dass auch er nicht will, dass es endet. „Dann tun wir so, als hätten wir ewig Zeit", sage ich.

Ich habe jenen Abend öfter abgespielt, als ich zählen kann—als wäre in ihm der Moment gewesen, bevor alles zu entgleiten begann. Die letzte Ausfahrt, an der wir vorüberfuhren, als hätten wir sie nicht bemerkt. Hätten wir uns damals getrennt, wäre der Schmerz vielleicht kleiner gewesen. Vielleicht hätten wir weniger zu betrauern gehabt.

Aber das taten wir nicht.

Wir blieben.

Und diese Entscheidung—zu bleiben, obwohl wir hätten gehen können—ist die, für die ich am meisten zahlen würde.

Wir standen am Rand einer Klippe, ohne zu wissen, was darunter lag—nur sicher, dass nach einem Sprung nichts mehr so sein würde wie zuvor.

Zwischen uns liegt etwas Schweres, ungelöst. Wir könnten das drohende Unheil noch vermeiden, aber natürlich tun wir es nicht. Stattdessen sitzen wir da, im Schweigen gefangen, und tun so, als seien unsere Entscheidungen nicht längst gefallen.

Als die Spannung steigt und klar wird, dass keiner von uns aufstehen und gehen wird, tun wir das Unvermeidliche: Wir gleiten ins Schlafzimmer. Langsam. Wortlos. Er entkleidet mich mit einer bedächtigen Sorgfalt, als würde ich unter seinen Händen zerbrechen. Ich bin noch nicht ganz gesund; das Risiko, dass er sich ansteckt, besteht weiterhin, doch er zögert nicht. Er küsst mich mit einer Dringlichkeit, die mich atemlos macht. Er liebt mit einer Intensität, die keinen Zweifel lässt. Mitten darin bricht der Damm, und meine Tränen fließen ungehindert. Er hält mich fest, ohne zu fragen, während alles aus mir hervorbricht: die Trauer, die schwer in mir sitzt, die Erleichterung, die sich in mir ausbreitet, die Scham, die in mir aufsteigt, und die überwältigende, unmögliche Freude, ihn wieder in mir zu haben.

Danach duscht er, während ich im Bett liege und den Dampf beobachte, der über der Badezimmertür aufsteigt. Der Moment wirkt wie das Ende eines ganz gewöhnlichen Tages bei einem durchschnittlichen Paar, doch das Unbehagen lässt mich nicht los. Ständig zieht etwas an mir—eine Erinnerung daran, dass dieser Schein von Normalität nur eine Illusion ist. Und tief in mir weiß ich, dass nichts an uns gewöhnlich ist— und nie sein wird.

Als er aus der Dusche zurückkommt, sein Haar mit dem Handtuch trocknet, steigt noch Dampf von seiner Haut auf und kringelt sich in der Luft zwischen uns. Ich nehme den vertrauten Duft seiner warmen Haut wahr—und er lässt mich fast dahinschmelzen.

Die Worte, die ich ihm jetzt sagen werde, trage ich seit seiner Zeit auf Zypern in mir—seit jenen Nächten, in denen ihre

Präsenz wie ein Schatten über mir lag, den ich nicht loswurde.

„Ich will nichts mehr von ihr hören", sage ich.

Seine Hand verharrt im Handtuch über seinem Haar, Wassertropfen rinnen seinen Nacken hinab. Er blinzelt einmal, scharf, und sagt nichts.

Es ist nicht so, dass es mir egal wäre. Es ist nur so, dass ich genug gehört habe. Einst wirkten jene Details—die kleinen Fragmente seines anderen Lebens—harmlos, fast höflich, wie zwei Menschen, die einander ihre Geschichten erzählen. Aber jetzt treffen sie mich anders.

Ich kann diese Bilder nicht in mir zulassen.

Ich habe keinen Anteil an diesem Teil seines Lebens.

Er sitzt am Rand des Bettes mir gegenüber, die Augen weit geöffnet und ohne zu blinzeln, als hätte ihn das Gewicht meiner Worte erstarren lassen. Ich weiß nicht, ob er alles wirklich erfasst, aber ich musste es aussprechen. Und diesem Augenblick treu bleibt er dabei: Er spricht sie nie wieder an.

Sie war die unsichtbare Wunde—der Geist im Raum.

Ihr Name unausgesprochen, ihr Gesicht ungesehen, und doch zog sie die Grenzen meiner Liebe. Ich musste ihr nicht begegnen, um ihre Präsenz zu spüren. Sie war die Grenze, die ich niemals überschreiten konnte.

Und doch liebte ich ihn. Voll und ganz. Ehrlich. Auch wenn ich wusste, dass ich immer vor einer Tür stehen würde, die sich für mich nicht öffnen ließ.

Am folgenden Morgen, als die Sonne beginnt, lange Schatten zu werfen, packt er seinen Seesack. Mit einem sanften Kuss auf meine Stirn macht er sich wieder auf den Weg in die endlose Weite der Wüste. Zurück zu dem nomadischen Leben, das wir teilen, wenn er nicht bei ihr ist. Die Wüste ist unser Zufluchtsort—flach, karg und weit offen—ein Ort, an dem er und ich ganz sind, in all den Dingen, die wirklich zählen. Seine Frau bleibt fern, meilenweit entfernt in ihrem Zuhause. Ich bleibe hier, in unserer Oase.

Doch als der Tag zu Ende geht, klingelt das Telefon—ein scharfes Läuten, das die Stille durchschneidet. Ich erstarre. Mein Herz macht einen Sprung. Ich nehme den Hörer ab, und es ist er. Seine vertraute Stimme erfüllt die Leitung und beruhigt mein unruhiges Herz. Für einen Moment findet die Welt wieder zu ihrem zerbrechlichen, geliehenen Rhythmus zurück.

Manchmal frage ich mich, warum ich nicht härter für uns gekämpft habe.

Warum ich ihn nicht angefleht habe, sich für mich zu entscheiden.

Warum ich ihn nicht gebeten habe, zu bleiben.

Und die Wahrheit ist: Vielleicht wusste ich bereits, dass er nicht derjenige war, für den es sich zu kämpfen lohnte.

Wir liebten einander. Dieser Teil war echt. Aber Seelenverwandte? Ich glaube nicht, dass wir es waren.

Es fehlte immer etwas—nicht im Gefühl, sondern in der Zukunft.

Ich konnte uns nicht über den Sommer hinaus sehen. Nicht über Kuwait hinaus. Nicht über die Fantasie hinaus.

Er war frisch verheiratet. Das wusste ich.

Und dennoch ließ ich es geschehen. Ich ließ uns geschehen. Aber ich bat ihn nie, sie zu verlassen. Ich glaube, ich wusste—sogar damals— dass wir nicht von Dauer sein würden.

Und das ist es, was es jetzt erträglich macht.

Er war nicht der Eine. Er war der Eine vor dem Einen.

Derjenige, der mich geweckt hat.

Derjenige, der mich vorbereitet hat.

KAPITEL 8

Der Ring

Die vergangenen zwei Wochen seit seiner Rückkehr aus Zypern waren wundervoll. Nicht makellos—nichts ist es je— aber reich an Nähe und Wärme. Unsere Liebe, einst zerbrechlich, ist zärtlicher geworden. Er war schon immer aufmerksam, doch jetzt liegt eine neue Sanftheit in ihm. Eine Weichheit, die wie eine unausgesprochene Entschuldigung wirkt, ein leises Schuldgefühl, das keine Mauern errichtet, sondern sich ausstreckt—mit offenen Armen, sanften Berührungen, langen Pausen und Augen, die meine suchen, als bäten sie wortlos um Verzeihung.

Wenn er mich auszieht, liegt in der Bewegung etwas Bedächtiges.

Wenn er mich küsst, liegt darin etwas Sorgsames—eine Aufmerksamkeit, die bleibt.

Wie sein Mund verweilt, als wolle er sich jeden Teil von mir merken; die Ruhe in seinen Händen, als hielte er etwas Seltenes. Und doch schleicht sich ein Zweifel ein, verschleiert, aber beharrlich, der mich daran erinnert, dass Sorgfalt nicht dasselbe ist wie Beständigkeit, und dass ein Kuss—so bedeutungsschwer er im Moment wirken mag—keine Zukunft versprechen kann.

Und wenn er mich hält, liegt darin eine Mischung aus Trost und Spannung, ein Raum voller unausgesprochener Gefühle: das Verlangen, der Schmerz und das stille Wissen, dass das nicht von Dauer sein kann. Er bewegt sich langsam, nicht hastig und nicht fordernd, sondern schlicht gegenwärtig. Ich lasse es geschehen—selbstverständlich—weil ich ihn liebe, weil ich ihn vermisse, sobald er geht, und weil ein Teil von mir daran festhalten möchte, dass Zärtlichkeit selbst dort bestehen kann, wo eigentlich kein Platz für sie ist. Auch wenn ein anderer Teil von mir daran zweifelt.

Letzte Woche holte er all die Tage nach, die ich mit Warten verbracht hatte. Irgendwie gelang es ihm, eine ganze Woche frei zu bekommen. Sieben Tage. Ein Leben. Ein Geschenk, mit dem wir nie gerechnet hatten—und das wir wie Kinder annahmen.

Wir verbrachten den Tag, wie Liebende es tun. Ich hatte das Glück, einen Tag frei zu haben, sodass wir im Bett liegen und ein entspanntes Frühstück ohne jede Eile genießen konnten. An den anderen Tagen füllte er, während ich arbeitete, die Stunden mit Lesen, Schwimmen und dem Warten auf mich. Und wenn ich von der Arbeit zurückkam, war er da.

Wir spielten Backgammon auf der Terrasse, bis uns die Hitze ins Haus trieb. Ich kochte für ihn, probierte neue Rezepte aus und lachte mit ihm. Ich servierte ihm Gerichte, die mal ein Erfolg waren und mal nicht. Er war mein eifriges Versuchskaninchen und neckte mich spielerisch mit genau jener sanften Stimme, mit der er meinen Namen aussprach.

Er kaut nachdenklich. „Braucht Salz."

Ich verdrehe die Augen. „Braucht Geduld."

Er lacht. „Dann warte ich."

Abends sahen wir die Endspiele der Fußball-Weltmeisterschaft—natürlich die Spiele unserer Mannschaft—und wenn sie langweilig wurden, fand er immer andere Wege, mich zu unterhalten. Er hatte ein Talent dafür, Stellungen zu erfinden, die mich zum Lachen brachten, mich den Atem anhalten ließen, mich alles um uns herum vergessen ließen.

Am Freitag, nachdem wir zu Mittag gegessen hatten, machte er sich wieder auf den Weg zurück zur UN-Basis, um seinen Pflichten nachzugehen. Aber er versicherte mir, dass es nicht lange dauern würde. Er versprach, Anfang der nächsten Woche zurückzukehren, um meinen Geburtstag zu feiern—und er hielt dieses Versprechen.

Der Tag kommt endlich, und noch vor dem Abendessen gehen wir in den Gold-Souk—meinen liebsten Ort zum Stöbern, auch wenn ich genau weiß, dass keines der Stücke wirklich für mich bestimmt ist. Der Markt ist gewaltig, ein Labyrinth aus engen Gassen und verborgenen Nischen, das kein Ende zu nehmen scheint. Seine schiere Größe spiegelt die Bedeutung des Goldes in Kuwait wider, eng verwoben mit Mitgiften, Hochzeiten und Familienehre.

Wir schlendern durch die Gänge mit einem Staunen, das uns selbst überrascht, gebannt davon, wie das helle Licht auf jeder polierten Oberfläche glitzert. Die Hitze liegt schwer in der Luft und vermischt sich mit dem Duft von Safran und warmem Metall. Wohin ich auch blicke, herrscht geschäftiges Treiben—Händler wiegen Armbänder auf kleinen Messingschalen, Frauen in schwarzen Abayas deuten auf Tabletts, Angestellte wickeln Einkäufe in knisterndes weißes Papier. Große Bargeldsummen wechseln so beiläufig den Besitzer wie beim Kauf eines Brotes.

Die Läden gleichen schatzgefüllten Höhlen, jede bis zum Rand voll mit schweren Ketten, die über Samtständer drapiert sind, Armreifen, aufgeschichtet wie Münzstapel und bereit, gezählt zu werden, sowie Ringen, akribisch hinter makellosem Glas arrangiert. In einer der Vitrinen hängen Ohrringe in langen Reihen an einer mit Samt bezogenen Tafel unter hellem Licht. Die Modelle sind exquisit und zahlreich, jedes kunstvoller als das vorige—manche geformt wie Blumen, andere wie Münzen oder kleine Laternen. Sie wirken wie Miniatur-Kronleuchter, zart und überaus kunstvoll—zu prunkvoll für ein Leben, das ich mir nie als meines ausgemalt hätte.

Obwohl die Schmuckentwürfe in der Tat exquisit und schön sind, sind sie daher nichts für mich. Diese Stücke sind für kuwaitische und indische Bräute gedacht, für Mitgift und Familienehre. Für Frauen, deren Ehen öffentlich verkündet, gefeiert, gesegnet und geschmückt werden—nicht nur mit Gold, sondern mit Bedeutung: Ansehen, Tradition, Zugehörigkeit.

Ich denke darüber nach, wie all diese Entscheidungen einer Braut erscheinen müssen; jede Wahl eine Erklärung, ein Versprechen, etwas, das sie in ihr neues Leben mitnimmt. Hier verhandeln die Bräute ihre Aussteuer, sprechen mit leisen, aber entschlossenen Stimmen und entscheiden, was sie in die Ehe mitnehmen werden. In meiner Situation ist es jedoch der Mann, der verhandelt, während ich still neben ihm stehe und so tue, als ginge es mich nichts an.

Ich habe schon immer die zurückhaltende Eleganz von 18-karätigem Weißgold bevorzugt—sein sanftes Schimmern, seine stille Zurückhaltung. Die Leuchtkraft von 22-karätigem Gelbgold wirkt mir zu grell, zu aufdringlich; sie hat nie zu mir gepasst. Ich wollte nie in diesem grellen, aufdringlichen Licht gesehen werden. Auch wenn ich nachvollziehen kann, warum kuwaitische Frauen dieses leuchtende Gelbgold für ihre Mitgift kaufen—weil es hier Status, Familienehre und Beständigkeit symbolisiert—habe ich mir immer etwas Schlichteres gewünscht. Etwas, das sich nicht aufdrängt.

Wir hatten ihn zum ersten Mal vor ein paar Wochen gesehen, in demselben kleinen Laden, den der indische Juwelier führt, der westliche Frauen bedient und dessen Entwürfe leichter und fließender sind—eine Welt entfernt von den schweren, reinen Goldstücken, die die meisten indischen Bräute bevorzugen: sattes Gelbgold, aufwendig, geschätzt ebenso wegen seiner Reinheit wie seiner Schönheit.

Im Ring verläuft eine Welle aus Weiß- und Rotgold, eine glatte, ununterbrochene Linie, in der sich die beiden Metalle berührten und wieder voneinander lösen—wie die Flut, die kommt und geht. Modern. Zurückhaltend. Intim. Es fühlte sich damals an, als gehörte er bereits uns.

Jetzt sind wir zurück, um ihn abzuholen. Marc steht so nah an mir, dass sich unsere Arme leicht berühren, während der Besitzer, wie immer zuvorkommend, darauf besteht, uns Tablett um Tablett seiner neuesten Kreationen zu zeigen. Wir tauschen höfliche Blicke, nicken, bewundern—wohl wissend, dass wir keines davon mitnehmen werden. Marc beugt sich zu mir, seine Stimme so leise, dass nur ich sie höre. „Wir haben unseren schon gefunden." Ich nicke. „Ich weiß."

Es gehört zum Ritual, zu der höflichen Scharade, die diesem Moment den Anschein von Normalität verleiht. Und doch drängt sich, unter dem Knattern der Klimaanlage, die tragische Absurdität auf: ein Ring, den wir zusammen ausgesucht haben, eine Liebe, intensiver als alles, was ich je gekannt habe, und das Wissen, dass ihre Zeit begrenzt ist.

Es gibt ein kurzes Ritual des Feilschens um den Preis— Marc spielt den höflichen Verhandler, während ich Gleichgültigkeit vortäusche, obwohl ich längst weiß, dass wir ihn nehmen werden. Letztlich ist das alles, was zählt. Der Ladenbesitzer legt den Ring behutsam in eine schwarze Samtschachtel und steckt sie in eine kleine Tragetasche. Einen Moment lang möchte ich Marc fast bitten, ihn mir gleich hier im kleinen Laden an den Finger zu stecken, doch ich halte mich zurück. Manche Augenblicke verdienen ihren eigenen Moment.

Nachdem wir den Basar verlassen haben, steuern wir direkt eines der gehobenen Hotels der Stadt an, dank einer Einladung eines Freundes, der dort Chefkoch ist. Dieser Abend scheint zu einer völlig anderen Welt zu gehören, mit Marc—nicht nur an meiner Seite, sondern wirklich bei mir, ganz und gar, unverkennbar mein, an einem Ort, an dem die Zeit für uns stillzustehen scheint.

Wir werden zu unserem Tisch geführt, wo ein duftender Strauß in einer Glasvase auf uns wartet: weiße Pfingstrosen und rosafarbene Rosen, meine Lieblingsblumen. Wie er es geschafft hat, sie in Kuwait aufzutreiben, ist mir ein Rätsel. Ihr sanfter Duft hüllt uns ein, als stamme er aus einem anderen Leben. Draußen ist der Himmel in Orange-, Purpur- und Rosatönen gemalt, während die Sonne über der Innenstadt Kuwaits untergeht. Die hohen Gebäude funkeln im Lichterglanz und erzeugen den Eindruck einer pulsierenden Metropole—die Kuwait damals jedoch noch nicht ist. In der Ferne ragen die ikonischen Kuwait Towers in den Himmel, von Scheinwerfern angestrahlt.

Marc hilft mir in meinen Sessel, wie es sich für einen gut ausgebildeten Offizier gehört, und als ich aufschaue, lächelt er auf diese unaufdringliche, selbstsichere Weise, die mir das Herz schmerzen lässt. Der Pianist in der Ecke spielt ein weiteres Stück, etwas Sanftes und Vertrautes, das den Raum zwischen uns ausfüllt.

Wir wirken in unserer Schlichtheit fast gewöhnlich: Ich trage eine schwarze Leinenhose und ein makellos weißes Hemd, schlicht und sauber. Er trägt eine marineblaue Anzughose und ebenfalls ein weißes Hemd, die Ärmel nur so weit aufgekrempelt, dass es entspannt wirkt. Lange Zeit konzentrieren wir uns ausschließlich aufeinander und blenden alles um uns herum aus, als existiere der ganze Raum nur für diesen Moment.

Nach dem Mahl aus Rinderfilet, Garnelen und einem frischen Salat lehnt er sich leicht zurück und mustert mich, als wäre ich etwas Seltenes und Kostbares, ein Schatz, den er zu beschädigen fürchtet. Die Melodie des Pianisten schwebt zwischen uns und hüllt den Moment in etwas Weiches und Zeitloses. Dann räuspert er sich, mit jener typischen Wärme, die mich immer entwaffnet.

„Ich halte mich kurz", sagt er, seine Stimme leise, aber ruhig. „Weil du das schon weißt. Du bist ein außergewöhnlicher Mensch, und ich hoffe, du wirst niemals anders. Vor allem aber bin ich dankbar, dass ich dich kennengelernt habe."

Er hält inne, sein Blick bleibt ganz bei mir. „Die Zeit mit dir ist eine Freude." Ein weiterer Atemzug, nun sanfter, während seine Stimme leiser wird. „Mein einziges Bedauern ist, dass sich unsere Wege zu spät gekreuzt haben."

Er streckt die Hand über den Tisch, das Tischtuch raschelt unter seinem Arm, und nimmt meine linke Hand mit beiden Händen. Die Berührung ist bedächtig, verweilend. Er hebt den Ring aus seinem Samtkästchen und schiebt ihn langsam auf meinen Finger; sein Daumen streicht einmal über das Metall, sobald er sitzt.

„Danke, dass du du bist", murmelt er, die Worte jetzt kaum mehr als ein Hauch.

Mein Gesicht erstrahlt vor einer Freude, die ich nicht verbergen könnte, selbst wenn ich es versuchte. In diesem Moment scheint es, als gäbe es weder Vergangenheit noch Zukunft—nur dieses Hier, das zwischen uns schwebt.

Der Ring bedeutete nichts weiter als diesen Moment—unsere gemeinsame Gegenwart, das Hier und Jetzt. Er war kein Gelübde ewiger

Liebe und kein Versprechen einer Zukunft. Er war einfach nur wir, schwebend in einer Zeit, die nur uns gehörte.

Und doch, wenn ich zurückdenke, ist da ein Schmerz, den ich nicht ganz benennen kann. Ein Teil von mir wollte mehr—wollte, dass die Geschichte weiterging, um zu sehen, ob sie jemals etwas Greifbares werden könnte. Aber ich bin auch dankbar. Dankbar, dass ich nie gezwungen war, zu entscheiden, ob ich um uns kämpfen oder loslassen sollte.

Das war die Gnade in alldem: Das Ende war von vornherein angelegt. Ich musste nie zwischen meiner Sehnsucht und meinem Gewissen wählen. Das Ablaufdatum war von Anfang an festgelegt, und alles, was ich tun musste, war, die uns gegebenen Tage zu leben.

Wir verzichten auf Nachtisch und sind uns einig, dass es schönere Wege gibt, den Abend zu beschließen. Da das Abendessen alkoholfrei war, feiern wir bei mir weiter—mit Wein, leiser Musik und einer Vertrautheit, die kein Publikum braucht.

Für heute Abend ist das genug. Für heute Abend fühlt es sich an, als läge noch alles in Reichweite.

Damals glaubte ich, den perfekten Partner—den Richtigen—getroffen zu haben. Im Nachhinein erkenne ich jedoch die Wahrheit.

Er war nicht der richtige Partner fürs Leben, nur für diesen Sommer. Er passte zu der Frau, die ich damals war: zu jener, die noch glaubte, Liebe könne den Folgen trotzen. Vielleicht ist er deshalb unvergesslich geblieben.

Diese Liebe war nicht dazu bestimmt, zu bestehen; sie war dazu da, mich zu erwecken.

KAPITEL 9

Die Reise nach Bahrain

Kurz nach meiner Ankunft in Kuwait halte ich an einem Traum fest: nach Bahrain zu fahren. Nicht fliegen—fahren. Nicht weil es einfacher wäre, sondern weil es verboten ist. Damals gewährte Saudi-Arabien unverheirateten Frauen keine Visa, erlaubte Frauen nicht, Auto zu fahren, und hieß ausländische Blondinen ohne Kopftuch oder Ehemann ganz bestimmt nicht willkommen. Genau deshalb will ich dorthin.

Ich habe einen diplomatischen Pass—ein klarer Vorteil. Marc hat einen Dienstpass—auch das ist hilfreich. Aber um ein Visum zu bekommen, benötigen wir eine Verbalnote: eine formelle Botschaft-zu-Botschaft-Anfrage, in diplomatischer Sprache abgefasst.

Einige Tage bevor wir abreisen, trete ich ins Büro des Botschafters, Verbalnote und Pässe in der Hand und mit einem wohl einstudierten Lächeln.

„Warum um alles in der Welt wollen Sie nach Bahrain fahren?", fragt er und blickt über seine Brille.

„Weil ich ledig bin", antworte ich, „und die Saudis sagen, ich darf es nicht."

Er hebt eine Augenbraue.

„Dann heiraten Sie."

„Ich habe schon jemanden im Sinn", antworte ich selbstsicher, fast zu mühelos. „Nur für die Dauer der Reise."

Er lacht. Und unterschreibt.

Ein paar Tage später kommen die Pässe von der saudischen Botschaft zurück—abgestempelt, genehmigt, mit diplomatischen Visa. Und plötzlich sind Marc und ich Mann und Frau. Auf dem Papier.

Wenn der Botschafter es nur wüsste, denke ich. Er würde es wahrscheinlich amüsant finden.

Ich bin voller Vorfreude und mache Überstunden, um die vielen Visaanträge von Menschen aus Kuwait abzuarbeiten, die es kaum erwarten können, in meinem Land Urlaub zu machen. Es ist Teil der Abmachung mit meinen Kollegen— früh fertig werden, sich leise davonmachen.

Marc und ich planen alles bei unseren täglichen Telefonaten: Wir besprechen Aktivitäten, Unterkünfte, was wir einpacken müssen und unsere Abreise. Ich frage Kollegen nach günstigen Hotelempfehlungen und buche ein Zimmer. Marc organisiert die Strecke von Kuwait nach Bahrain. Wir sind beide begeistert.

Endlich ist Mittwochnachmittag Anfang Juli, und damit beginnt das kuwaitische Wochenende. Wir laden das Auto und fahren südwärts zur kuwaitisch-saudischen Grenze, vorbei an der vertrauten Marina. Marc fährt, ich sitze auf dem Beifahrersitz. Aus der Kassette laufen unsere Lieblingstitel. Keine Abaya legt sich über meine Schultern, kein Kopftuch verdeckt den Pferdeschwanz in meinem Nacken. Stattdessen trage ich eine weite, fließende Hose und ein schlichtes T-Shirt und finde so einen behutsamen Ausgleich zwischen dem Entgegenkommen gegenüber Erwartungen und dem Bewahren meines eigenen Freiheitsgefühls.

Noch bevor wir die saudische Grenze erreichen, brodelt die Aussicht, sie zu überqueren, in mir auf: keine Aufregung, nicht einmal Furcht—sondern ein präzises, geladenes Bewusstsein. Ich kontrolliere alles—unsere Diplomatenpässe, die Verbalnote mit ihren amtlichen Stempeln und den Ring an meiner linken Hand, den Marc mir zum Geburtstag geschenkt hat.

Das Auto selbst ist zu einer Kapsel komprimierter Luft geworden, dicht geladen mit unausgesprochener Energie. Neben mir ist Marcs Haltung makellos, als stünden wir unter ständiger Beobachtung, doch hoch auf seinen Wangenknochen liegt ein Erröten, am Haaransatz zeichnet sich ein feuchter Schimmer ab, den die Klimaanlage nicht ganz zu vertreiben vermag. Seine Hände bleiben ruhig am Lenkrad, und doch spüre ich die Hitze, die von ihm ausgeht—eine Hitze, die nichts mit der Wüste draußen zu tun hat.

Draußen brennt die Sonne auf den Asphalt und verwandelt alles in eine flimmernde Fata Morgana. Wir fahren weiter nach Süden, überholen ein paar ramponierte Lastwagen und einen Familienvan, vollgestopft mit Kindern, bis sich die Landschaft schließlich mit flachen Grenzgebäuden, Maschendrahtzäunen und jenen Schildern füllt, die in Piktogrammen sprechen—keine Kameras, keine Waffen, keine Hunde, kein Spaß—und den Weg ins Königreich Saudi-Arabien weisen. Die Spannung dieses Moments spielt sich vollständig in mir ab. Mein Hals ist trocken, meine Handflächen sind vom Schweiß feucht, und die Kassette (ich habe sie gegen etwas Wortloses und Harmloses ausgetauscht, Chopin, so leise, dass er kaum mehr als ein Hintergrundhauch ist) spielt in einer Lautstärke, die eher Andeutung als Musik ist.

Irgendwo zwischen der letzten Tankstelle und dem Hauptzollplatz spüre ich ein Flackern von Unbehagen. Ich mache meinen letzten visuellen Kontrollgang durchs Auto: unter dem Sitz, im Handschuhfach, hinter den Sonnenblenden. Für alle Eventualitäten habe ich vorgesorgt—glaube ich zumindest. Dann sehe ich es. Zwischen dem Erste-Hilfe-Kasten und der zusammengeknüllten Landkarte der Arabischen Halbinsel verkeilt liegt ein Magazin, mit der Titelseite nach unten, die glänzenden Seiten aufgefächert.

Auf dem Cover ist ein Mann zu sehen, oben ohne, mit einem Grinsen, das zu Hause kaum als anzüglich gelten würde —doch im Königreich Saudi-Arabien, wo schon der Hauch enthüllter Weiblichkeit oder männlicher Haut zu Festnahme, Verhör oder Schlimmerem führen kann, ist es eine Bombe. Mein Herz macht einen Satz. Blitzartig durchläuft mein Kopf ein Archiv von Nachrichtenmeldungen: Festnahmen, Grenzverzögerungen, das Schicksal anderer Westler, die die roten Linien falsch eingeschätzt haben und in Räume ohne Uhren und mit zu vielen Einweg-Spiegeln geraten sind.

Ich schnappe mir die Zeitschrift; meine Hände fahren schneller als mein Verstand, krallen sich in den Einband. Das Papier widersetzt sich—das zähe Hochglanzpapier gibt bei jedem Ruck nur widerwillig nach. Marc hebt den Kopf und sieht die Panik, die sich in meinem Gesicht abzeichnet. Ich reiße ohne Rhythmus, ohne Plan, nur getrieben von Dringlichkeit. Das Foto. Sein Körper. Die verfluchten Artikel. Fetzen um Fetzen verwandle ich sie in Fragmente, nicht größer als Briefmarken.

Für einen Augenblick erfasst mich die Absurdität—eine erwachsene Frau, die bedrucktes Papier zerreißt wie ein Kind im Wutanfall. Dann aber sehe ich die Grenzkontrolle vor mir, die bohrenden Blicke, die Fragen nach Loyalitäten zum Westen. Also reiße ich weiter, bis nichts mehr zu reißen ist.

Als ich fertig bin, stopfe ich die Papierfetzen in eine leere Wasserflasche und schraube den Deckel fest. Ich werfe Marc einen kurzen Blick zu. Er hat die ganze kleine Vorstellung mit stillem, festem Blick verfolgt, während sich sein Mundwinkel auf seine eigene Weise hebt—amüsiert und zugleich beeindruckt, als sei mein Umgang mit Krisen ein kleiner, privater Zaubertrick.

Wir lachen, zu laut, und der Klang füllt den engen Innenraum. Die Anspannung löst sich ein wenig, aber nicht ganz. Ich wische mir die verschwitzten Hände an den Oberschenkeln ab und versuche, nicht daran zu denken, was mir sonst noch entgangen sein könnte. Die Grenze ist jetzt sichtbar, taucht auf wie eine Fata Morgana, die sich verfestigt hat. Der Kontrollpunkt rückt näher: eine Insel aus Beton, eine rot-weiße Schranke und zwei Wachen in braunen Uniformen, träge in der Hitze.

Marc bremst das Auto. Als ich ihm die Papiere reiche, ordnet er sie mit der Präzision eines Chirurgen auf seinem Schoß. Ich schiebe die Wasserflasche tief in meine Tasche, ziehe den Reißverschluss zu und hole tief Luft.

Marc parkt in der ausgewiesenen Spur für Diplomatenfahrzeuge, und für einen Moment sitzen wir schweigend da, beobachten die Choreografie des Grenzlebens: Grenzbeamte, die kommandieren, Kinder, die weinen, ein endloses Ballett aus Misstrauen und Routine.

Ein Grenzsoldat tritt heran, mustert zuerst unser Nummernschild, dann unsere Gesichter. Er ist jung, trägt ein Oberlippenbärtchen, das wie aufgemalt wirkt, und beugt sich mit routinierter Autorität in Marcs Fenster. „Zweck des Besuchs?", fragt er auf Arabisch; dann—als er Marcs ausdrucksloses Gesicht sieht—wiederholt er die Frage auf Englisch.

„Transit nach Bahrain", antwortet Marc, sein Akzent so neutral, dass man ihn nirgendwo einordnen kann. Seine Stimme ist ruhig, doch aus nächster Nähe sehe ich den feinen Schweißfilm an seiner Schläfe und die Anspannung in seinem Kiefer, während er unsere Pässe mit Diplomatenvisum überreicht.

Der Beamte blättert durch die Pässe, bleibt beim Visastempel stehen. Seine Augen wandern zu meiner linken Hand und verweilen am goldenen Ring. „Sind Sie verheiratet?", fragt er, mit einem halben Lächeln auf den Lippen. „Ja", antworte ich, bevor Marc es kann. „Ja—das sind wir."

Für einen Moment steht alles still—die feine Linie zwischen Argwohn und Akzeptanz. Dann drückt der Grenzsoldat den Stempel hart auf, die Tinte noch feucht, als er unsere Pässe zurückschiebt. Mit einer gelangweilten Handbewegung winkt er uns durch. „Fahren Sie vorsichtig", murmelt er.

Als sich die Schranke hebt, lasse ich einen so tiefen Atemzug entweichen, dass mir schwindelig wird. „Das lief ja gut", flüstere ich.

Auf der anderen Seite der Grenze sitzen wir eine Minute im Auto. Der Motor läuft, damit die Klimaanlage weiterbläst, die Luft schwer vor Erleichterung und Ungläubigkeit. Die Wüste vor uns drängt sich dicht an uns heran, riesig und fremd. Wir sehen einander an und grinsen, und dann—als wäre es abgesprochen—brechen wir beide in Gelächter aus.

Bevor wir weiterfahren, steige ich aus. Die Hitze schlägt mir wie eine Mauer entgegen. Ich zupfe die zerrissenen Magazinfetzen einzeln aus der Flasche und füttere sie in den winzigen Edelstahl-Mülleimer neben uns. Ein leiser Stolz durchströmt mich—das Gefühl, nicht nur das System, sondern auch die Version meiner selbst überlistet zu haben, die vielleicht unvorbereitet erwischt worden wäre.

Als ich wieder in meinen Sitz zurückgleite, schaut Marc mich an, weich, konzentriert. „Du willst wirklich nach Bahrain, oder?"

Ich zucke mit den Schultern, ein neckisches Funkeln in den Augen. „Ich will nur sehen, ob ich es schaffe."

Ein kurzes Lächeln spielt über seine Lippen, durchzogen von etwas anderem—Sehnsucht oder vielleicht Unbehagen. „Du schaffst alles", sagt er, fast zu sich selbst.

Die Straße breitet sich vor uns aus—heiß, flach, endlos. Nur Sand, Himmel und flimmernde Luft. Und trotzdem, gerade deshalb kribbelt es in uns. Reden, lachen. Eine seltsame Freude steigt in meiner Brust auf. Ich sehe jedem Kontrollpunkt ruhig entgegen. Meine Augen fallen auf den Ring an meinem Finger, erfüllt zu gleichen Teilen von Staunen und Unglauben. Es fühlt sich unwirklich an, Marc meinen Ehemann zu nennen, aber so steht es in den Dokumenten. Niemand hinterfragt uns.

Je näher wir der Saudi-Bahrain-Grenze kommen, desto stärker spüre ich es—diese wilde Strömung der Freiheit, die gleich jenseits jeder Beschränkung liegt.

Mein Körper bebt. Nicht vor Angst. Vor Kraft.

Wir sind rebellisch.

Wir sind gefasst.

Wir sind echt.

Und die Anzeichen, die ich früher bemerkt hatte, sind jetzt unbestreitbar. Die Röte ist aus seinen Wangen verschwunden, ersetzt durch fieberhafte Blässe. Sein Husten wird häufiger; jeder Anfall setzt ihm zu, und in der Kälte der Klimaanlage beginnt er zu schlottern. Wir hatten versucht, es beim Losfahren zu ignorieren, doch je weiter die Fahrt voranschreitet, desto mehr zeigt die Grippe ihre Wirkung. Er hält das Lenkrad mit beiden Händen, die Knöchel angespannt, jeder Atemzug abgemessen, als wäre Weiterfahren allein eine Frage des Willens.

Aber er zieht sich nicht zurück. Nicht ein einziges Mal.

Denn das ist mein Traum.

Denn ich zähle.

Ein müder Schatten legt sich auf sein Gesicht, wann immer ich ihn ansehe, als wolle er sagen: Natürlich bin ich gekommen. Du wolltest das.

Ich wünschte, ich könnte ans Steuer. Aber das kann ich nicht—nicht hier.

Nicht als Frau.

Also bleibe ich still.

Und er fährt.

Stunden vergehen, aber nicht in Stille. Ja, die Wüste draußen ist still—weit und unveränderlich—aber im Auto sind wir lebendig. Wir fangen wieder an zu reden, zu lachen, wechseln zwischen Neckerei und Zärtlichkeit. Ich reiche ihm Wasser, taste mit dem Handrücken seine Stirn, mache mir Sorgen um seine Blässe. Er legt den Kopf zurück in gespielter Verärgerung, rollt seine Augen. Er ist zu schwach, um zu streiten, und lässt es still zu.

Zwischen Lachen und stillen Momenten schweift mein Blick wieder zum Fenster. Kein Wunder, dass westliche Soldaten diesen Teil Saudi-Arabiens „Sandkasten" nennen. Der Name passt. Hier draußen wächst nichts. Es gibt nur Sand und Sonne und hin und wieder eine Fata Morgana. Aber im Auto entsteht etwas—eine Blase der Fürsorge, des gemeinsamen Trotzes. Eine kleine Rebellion auf vier Rädern.

Ja, Saudi-Arabien ist beklemmend und surreal, ein Ort, der nie zum Durchqueren gedacht war, sondern nur zu ertragen.

Aber wir durchqueren es.

Gemeinsam.

Er hustet neben mir, der Atem flach, Schweiß auf der Stirn. Ich halte uns im Gleichgewicht, so gut ich kann, und wir fahren weiter.

Und dann, endlich—nach fast sechs Stunden auf der Straße—erscheint in der Ferne ein Schimmer des Meeres. Der Damm. Die Brücke nach Bahrain. Und damit ein Aufatmen, das ich seit Wochen nicht mehr gespürt habe.

Erleichterung.

Bahrain ist nicht deshalb der Preis, weil es exotisch ist. Es ist der Preis, weil es frei ist.

Hier kann ich ausatmen.

Hier kann ich gesehen werden.

Hier müssen wir uns für diesen flüchtigen Augenblick nicht verstecken.

Das Überqueren des 26 Kilometer langen King-Fahd-Causeway—dieser auf Stelzen über das Meer geführten Autobahn—wirkt surreal.

Dafür bin ich hierhergekommen. Nicht Bahrain selbst, sondern das Überqueren an sich.

Vom Austricksen.

Vom Beharren.

Fliegen kann jeder. Aber das hier… das ist die Art von Fahrt, die man nur einmal im Leben unternimmt.

Und ich weiß—auch während wir über den Damm fahren —ich werde es nie wieder tun, also genieße ich es in vollen Zügen. Das Blau des Golfs zu beiden Seiten. Das grelle Sonnenlicht. Die Vögel, die wie Punkte den Horizont durchschneiden. Wir sind fast frei.

Als wir in Manama ankommen, spüre ich die Luft anders —sanft, salzig, durchdrungen vom Summen einer Stadt, die sich selbst nichts vormacht.

Das Hotel, in das wir einchecken, gehört zu einer internationalen Kette, nichts Außergewöhnliches, ein Fünf-Sterne-Zufluchtsort für Menschen wie Marc und mich, die nach einem Ort suchen, an dem sie endlich ausatmen können, um den erstickenden islamischen Vorschriften Kuwaits zu entkommen, die sowohl Kuwaiter als auch Ausländer gleichermaßen einengen.

Der Pool, so wichtig zum Entspannen, ist auch nichts Besonderes—rechteckig, gefliest, gleichgültig. Für uns ist er alles. Ein kleiner Wasserfall plätschert über kunstvoll geformte Felsen, sein Flüstern blendet den Rest der Welt aus. Wir schwimmen, ohne uns über die Schulter umzusehen. Wir lachen, ohne die Stimmen zu senken. Wir treiben nebeneinander, unsere Beine streifen sich, schwebend im Wasser und in der Zeit.

Später faulenzen wir im Schatten, Handtücher um die Hüften, und nippen an eiskaltem Bier aus Flaschen, von denen das Kondenswasser langsam herabgleitet.

In Kuwait wäre das undenkbar. Hier hat es den Hauch von etwas Heiligem.

So kann Freiheit aussehen.

Trinken, ohne sich zu verstecken.

Küssen, ohne nach Schatten zu suchen.

Händchenhalten, ohne Heimlichkeit.

Bahrain selbst ist nicht besonders aufregend. Aber hier können wir durch die Straßen gehen, ohne ständig über die Schulter zu schauen. Wir können einen Kuss auskosten, langsam und ohne Eile, einfach weil wir es wollen. Wir können zu laut lachen, uns zu dicht aneinanderlehnen, und es kümmert niemanden. Für zwei Tage sind wir einfach ein Paar, kein Geheimnis. Wir nennen es sogar unsere Flitterwochen, halb im Scherz, halb weil es alle Züge einer solchen trägt. Eines Abends, als die warme Brise vom Golf durch die Balkontüren strich, sitze ich auf dem Bett und bürste mir nach der Dusche die noch feuchten Haare, während er am Balkongeländer lehnt und mich lange mustert, als würde er sich die Konturen meines Gesichts einprägen.

„Was?", frage ich, halb neckend, obwohl ich es schon weiß.

Keine Ausflüchte. Keine halben Sachen. Nur die Wahrheit, klar zwischen uns. Er sagt sie, und ich nehme sie auf, spüre sie in meiner Brust wie einen Funken, der vielleicht ewig bleibt.

Für einen Moment existieren die Regeln der Welt nicht.

Wir gehen nur einmal aus — ins Hard Rock Café. Wir sitzen nebeneinander in einer dunklen Ecke und teilen etwas Frittiertes, das man schnell vergisst. Danach streifen wir durch die Innenstadt, vorbei an geschlossenen Geschäften und leuchtenden Schildern, die Luft schwer von Hitze und einem Hauch Kardamom. Manama ist im Kern ein Souk: ein paar Einkaufszentren, Reihen von Moscheen, die beleuchtet dastehen wie Wachen.

Aber darum sind wir nicht hier.

Wir sind gekommen, um zu atmen. Um uns frei zu bewegen. Um zwei Menschen zu sein — offen, ohne Fragezeichen hinter geschlossenen Türen.

Wir gehen den Hotelstrand entlang und gleiten in den warmen Golf, unsere Beine stoßen unter der Wasseroberfläche aneinander. Wir lachen. Wir küssen uns. Wir küssen uns wieder.

Am zweiten Abend bleiben wir im Zimmer. Zimmerservice. Fernsehen. Lachen, gedämpft von Kissen und weichen

Decken. Wir liegen ausgestreckt da, ohne Eile, ohne Erklärung. Er sieht mich einen langen Moment an, das Licht des
Bildschirms über seinem Gesicht.

„Denkst du manchmal daran, wie wenig Zeit uns bleibt?",
fragt er leise.

Ich schlucke; die Frage trifft dort, wo es weh tut.

„Jede Minute", flüstere ich.

Und selbst in der Stille bleibt die Nähe bestehen. Keine Inszenierung. Kein Bedürfnis, zu beeindrucken. Nur Wärme.
Und die Leichtigkeit, ganz man selbst sein zu dürfen, ohne
sich zu verbergen.

Diese unbeschwerten Tage—tatsächlich nur Stunden—enden viel zu bald. Das Fieber legt sich. Seine Kraft kehrt zurück. Und der Zauber löst sich, so sanft, wie er entstanden ist.

Wir nehmen noch ein letztes Bad im Pool, die Morgenson-
ne brennt auf das Wasser, und verweilen bei einem späten
Frühstück, dehnen die Stunden so weit, wie sie reichen. Erst
dann packen wir das Auto, checken aus und machen uns auf
die lange Fahrt zurück nach Kuwait.

Der Damm trägt uns aus Bahrain hinaus und nach Saudi-
Arabien; die Realität drängt sich sofort wieder auf, kaum
dass wir die Grenze überqueren. Von dort entfaltet sich die
vertraute Straße vor uns, nur unterbrochen von Hütten am
Straßenrand, bei denen wir für Toilettenpausen anhalten.

Irgendwo an der Grenze, in der staubigen, stillen Stadt
Khafji—dem letzten saudischen Ort vor Kuwait—halten wir
für ein spätes Mittagessen in einem trostlosen Fast-Food-Lo-
kal an, das von einer einzigen flackernden Glühbirne be-

leuchtet wird. Drinnen liegt die Luft schwer von erzwungener Trennung: Frauen auf der einen Seite, Männer auf der anderen, Familien in der Mitte—nur wenn man nachweisen kann, dass man zusammengehört.

Am Eingang zum Familienbereich stehen zwei Wachleute an einer Metallbarriere. Sie sind keine Saudis—wahrscheinlich Pakistani oder Inder—angestellt, um die Regeln anderer durchzusetzen. Ihre Uniformen sind verblichen, ihre Gesichter ausdruckslos. Sie stellen keine Fragen. Sie prüfen nur unsere Papiere, werfen einen Blick auf den Ring an meinem Finger und mustern Marc, der nicht mit der Wimper zuckt. Dann winken sie uns durch.

Wir lassen uns in die geformten Plastikstühle unter dem flackernden Licht sinken, die Stille nur durch das leise Zischen der Fritteuse aus der Hinterküche durchbrochen. Wir sitzen uns gegenüber und teilen Pommes, eingehüllt in eine surreale Scheinwelt aus Fremdheit und Regeln. Gruppen von Frauen in Schwarz sitzen in der Nähe, verschleiert und zurückhaltend; Kinder zappeln oder knabbern an den Füßen der Frauen. Einige sind so vollständig verhüllt, dass nicht einmal ihre Augen zu erkennen sind. Und doch spüre ich Blicke—nicht feindselig, sondern neugierig—die den Kontrast meines unbedeckten blonden Haars zu ihren schwarzen Schleiern wahrnehmen. Ich erwidere einige dieser Blicke, bevor ich meinen senke, während Marc mit eingeübter Gelassenheit dasitzt, darauf bedacht, keine Aufmerksamkeit auf sich zu ziehen.

Für einen Moment ist all das echt. Wir sind echt. Es gibt kein Versteckspiel, nicht einmal in Saudi-Arabien. Wir dürfen zusammen sein. Verheiratet, zumindest für dieses Wochenende. Er gehört mir. Ich gehöre ihm. Niemand kann etwas anderes behaupten—am allerwenigsten die Saudis.

Dafür bin ich gekommen: zu glauben, dass wir die Regeln ein wenig dehnen konnten, ohne sie zu brechen. Nicht mit großem Tamtam, nur gerade genug, um unsere Freiheit zu verteidigen. Wir kehren nach Kuwait zurück, euphorisch. Und endlich ist er wieder gesund.

Aber die Freiheit hat auch ihre Schatten. Einer davon ist eine Frau, die ich nie getroffen habe. Und die ich niemals treffen werde.

Die Frau, die ich nicht kannte.

Was ich immer noch nicht begreife—was mich selbst jetzt noch verblüfft—ist, wie sie es nicht wahrnahm. Er war anders. Er roch nach mir. Er trug Hemden, die ich ausgesucht hatte, Gürtel, die ich gekauft hatte. Ich hätte es in dem Moment gewusst, als er durch die Tür trat. Denn Liebe hinterlässt Spuren—auf der Haut, in den Augen, in der Luft.

Aber ich kannte sie nicht. Nicht ihre Stimme, nicht ihren Duft, nicht ihr Lachen. Sie war eine Tatsache. Eine Fußnote. Ein Name auf einem Formular. Und doch—sie war da.

Ich redete mir ein, ich hätte nicht gelogen. Ich hatte nicht betrogen. Ich hatte nichts zerstört, das nicht ohnehin schon angeschlagen gewesen war. Aber ich war Teil davon gewesen. Ich war die Frau gewesen, für die ihr Mann sich entschieden hatte, wenn niemand hinsah.

Ich hatte sie gehasst. Ich hatte Mitleid mit ihr empfunden. Ich hatte sie beneidet. Ich hatte mich gefragt, warum sie es nicht sah. Vielleicht sah sie es doch. Vielleicht wollte sie es einfach nicht wissen. Genauso wenig wie ich wissen wollte, was geschah, wenn er nach Hause ging. Wir hatten beide in vorsätzlicher Blindheit gelebt. Und er—er hatte zwei Leben geführt.

Nur einer von uns hatte dem zugestimmt. Und sie war es nicht.

KAPITEL 10

Leben in geborgter Zeit

Wir kommen am 9. Juli aus Bahrain zurück. Der kuwaitische Sommer drückt schwer, die Hitze steigt wie ein Wall um uns auf. Unsere Tage verschwimmen ineinander, doch wir fallen mühelos zurück in einen sanften Rhythmus, entliehen aus einem Leben, das wir niemals wirklich für uns beanspruchen können—dessen Ende wir schon spüren. Wenn Marc in Kuwait-Stadt ist, bleibt er bei mir. Wir leben zusammen, stillschweigend und nie offiziell abgesegnet, aber so real wie alles, was ich je gekannt habe.

Manchmal komme ich von der Arbeit—die zwei Stockwerke hinaufsteigend—nach Hause und finde ihn schon dort. Barfuß, in ein Magazin aus der Heimat vertieft, sein Körper perfekt ins blaue Sofa versunken, als sei es für ihn entworfen worden. Andere Male steht er am Herd, summt eine Melodie, deckt den Tisch, als hätte er schon immer hier gelebt. Es ist, als wären wir verheiratet—einfach ohne den Papierkram.

Ich schaffte es sogar, ihm einen Schlüssel zu besorgen, einen kleinen Gegenstand, aber eine monumentale Geste. Und ich tat es nicht erst, nachdem wir unser Leben hinter diesen Wänden aufgebaut hatten. Ich tat es früh. Bevor er nach Zypern ging. Bevor irgendetwas sicher war. Es bedeutete, mich durch das Labyrinth der Vorschriften für Botschaftswohnungen zu kämpfen, bohrende Fragen zu beantworten und endlose Formulare auszufüllen. Aber ich hielt durch, schlängelte mich durch das bürokratische Dickicht, ohne eine einzige Erklärung abzugeben. Ich ließ es einfach geschehen—weil er eine Tür brauchte, die ihm offenstand. Und ich brauchte die Gewissheit, dass er diese Tür jederzeit öffnen konnte.

Wir verfallen in Rituale, still und vertraut. Mit jedem Tag vertieft sich die Illusion, dass das, was wir haben, echt ist, dass es uns gehört, dass es vielleicht Bestand haben könnte. Wir teilen die Mahlzeiten, die ich zubereite. Ich kenne seine

Vorlieben beim Reis und weiß, wie viel Salz er auf seine Spiegeleier mag. Wir sitzen am Tisch, unsere Füße berühren sich darunter. Wir reden. Wir lachen. Wir teilen Nähe.

Am zehnten eines jeden Monats lehnt er sich nah zu mir, sein warmer Atem streift mein Ohr, und murmelt leise: „Das ist der Tag, an dem wir uns verliebten", als wirke ein Zauber, der uns miteinander verbindet. Seine Lippen treffen die meinen zu einem langen, verweilenden Kuss; er zieht mich in seine Arme und flüstert die Kosenamen, die er mir gegeben hat —sein Liebling, seine Frau, seine Liebe—als wären es süße Geheimnisse nur für uns. Er fährt die erschöpfende, fast 160 Kilometer lange Strecke vom Lager nach Kuwait-Stadt, bevor die Nacht hereinbricht—alles nur, damit er an meiner Seite sein kann. Wenn er nicht bei mir ist, klingelt nach seinen langen Nachtschichten das Telefon; seine Stimme ist schwer und rau vor Erschöpfung und dennoch voller Wärme, nur um mir Guten Morgen zu sagen. „Ich liebe dich", sagt er, trotz der Schwere der Umstände und des Countdowns, dem wir nicht entkommen können—besonders in den Momenten, in denen es verboten ist.

Und doch tut er so, als gäbe es kein Ende, als ließe sich dieser Moment festhalten und eines Tages wiederfinden. Ich erlaube mir, daran zu glauben, obwohl ich die Wahrheit kenne: Der 30. September—der Tag, an dem er planmäßig abgelöst wird und in sein Heimatland zurückkehrt—zieht eine deutliche Linie zwischen dem, was wir haben, und dem, was wir behalten können.

In manchen Nächten wirkt die tröstliche Täuschung wie ein Balsam, und doch schmerzt sie zugleich mehr, als die Konfrontation mit der harten Wahrheit je schmerzen könnte. Ich glaube seinen Worten nicht, doch sie lassen sich nicht zum Schweigen bringen. Ich will ihm verzweifelt glauben, denn meine Liebe zu ihm ist unbestreitbar. Tief in mir glimmt ein Funken Hoffnung, leise, gefährlich, hartnäckig. Worin genau diese Hoffnung besteht, weiß ich nicht. Vielleicht ist es nur die Hoffnung, ihn noch einen einzigen Tag bei mir zu haben.

Auch während ich den Schein wahre, begreife ich die Realität. Ich sehe genau, wie es enden wird, und das mich innerlich. Ich bin zerrissen, unfähig zu entscheiden, was ich mir wünschen soll. Will ich, dass er bei mir bleibt? Dass er ein Leben mit mir dem vorzieht, was er jetzt hat? Dass er seine gegenwärtige Welt auseinanderreißt und an meiner Seite eine neue aufbaut? Diese Fragen spreche ich nicht aus. Niemals. Denn ich fürchte, ich weiß bereits, dass er mir keine Antwort geben kann.

Was macht einen Seelenverwandten aus?

Es ist leicht zu denken, Seelenverwandte seien nur eine Frage von Chemie. Oder vom richtigen Zeitpunkt. Oder davon, wie sich jemand für dich anfühlt. Aber daran glaube ich nicht mehr.

Ein Seelenverwandter ist nicht die Person, die dich einen Sommer lang zum Leuchten bringt. Es ist die Person, die auch dann noch leuchtet, wenn die Jahreszeiten sich ändern. Es ist nicht nur Leidenschaft—es ist Gegenwart. Nicht nur das Verlangen nach dir, sondern die Entscheidung, dich immer wieder zu wählen, wenn es schwer ist. Wenn es langweilig wird. Wenn niemand zusieht.

Bei Marc loderte Feuer in mir. Ich fühlte mich gesehen. Ich fühlte mich lebendig. Aber ich fühlte mich nie sicher genug, um nach mehr zu fragen. Und er bot es nie an.

Das ist der Unterschied.

Ein Seelenverwandter schafft Raum für dich. Nicht nur im Bett, sondern im Leben.

Er tat es nicht.

So halten wir an dieser Illusion fest. Wir erledigen die Abwasch, lachen über alles Mögliche, während wir die Hände im Schaum stecken haben, falten die Wäsche zu ordentlichen Stapeln auf dem Bett, streiten über die Lieder im Radio und kuscheln uns unter die Decke, während die Welt draußen schläft. Wir sind hoffnungslos naiv und doch unbestreitbar lebendig. Unsere Liebe brennt heftig—wie eine Flamme im Wind, gefangen zwischen der Hitze der Leidenschaft und der Kälte der Ungewissheit.

Es ist eine jener Nächte, die sich ganz selbstverständlich in den Alltag einschleichen, jene, die wir später in die Erinnerung falten, ohne uns um das genaue Datum zu kümmern. Kurz nach unserer Rückkehr aus Bahrain, während die Hitze noch drückend auf der Stadt liegt und unsere Tage sich wie geliehene Zeit dehnen, schließe ich die Tür zu meinem Botschaftsgebäude auf, noch im Nachklang jenes diplomatischen Empfangs in den Räumen einer anderen Botschaft, mit dem Puls der Musik in den Adern, dem leisen Klimpern der Gläser, dem Summen von Gelächter und allen Blicken, die sich drehten, als ich in jenem Kleid erschien. Ich hatte nur zugesagt, weil ich sonst nichts vorhatte, weil ich davon ausging, dass Marc im Camp beschäftigt sein würde.

Aber das Kleid habe ich mir auch selbst ausgesucht. Kurz und ärmellos, aus blassgrüner Seide, die sich perfekt anschmiegt und knapp über meine Knie fällt, gerade genug, um Aufmerksamkeit zu wecken, und doch dezent genug für die Wüstenhitze und die Blicke, die ich zu wecken ersehnte. Sexy. Kühn. Unverblümt. Alles wegen ihm, der mir gezeigt hat, dass ich jede Facette der Begierde zugleich besitzen kann.

Als ich eintrete, bleiben meine Augen an seinen Wüsten-
stiefeln hängen, die an ihrer üblichen Stelle neben der Tür
stehen—mit einer leichten Staubschicht, obwohl ich weiß,
dass er sie noch polieren wird, bevor er in die Wüste zurückkehrt. Die Schlüssel fallen in die Schale. Da sitzt er, noch in
Uniform auf dem blauen Sofa, ein aus der Heimat einge-
schmuggeltes Magazin in den Händen, als sei er gerade erst
angekommen und habe jede Minute bis zu meiner Rückkehr
gezählt. Im Türrahmen bleibe ich abrupt stehen, mein Herz
pocht vor drängender Ungeduld. Sein Blick fährt langsam
und genau von Kopf bis Fuß über mich, als würde er mich
bereits in sich aufnehmen. Dann erhebt er sich. Ich sehe, wie
sein Atem kurz stockt, das gleichmäßige Aufflammen von
Verlangen unter seiner gefassten Fassade.

Ein schüchternes Lachen entweicht mir.

„Hol die Kamera", murmele ich mit leicht rauer Stimme
und zeige auf den Couchtisch vor dem Sofa, wo sie liegt. „Ich
möchte noch ein paar Aufnahmen, bevor ich mich umziehe."

Ich habe meine Haare nicht oft so gestylt, toupiert zu einer
beinahe filmreifen Welle, die Lippen genau richtig glänzend
betont—aber heute Abend bin ich dankbar dafür, eine kleine
Hommage an die Nacht, in der er mich zum ersten Mal sah.
Jene Nacht auf der Soirée des Botschafters, als wir die Maske
der Freundschaft ablegten und eine Grenze überschritten,
von der es kein Zurück mehr gab.

Er zögert nur einen Augenblick, gerade lang genug, dass
mein Herz in den Ohren pocht. Dann schnappt er sich die
Kamera. Klick. Klick. Klick.

„Dreh dich um", sagt er, die Stimme tief, gespannt von etwas Ungezähmtem. Ich hebe das Kinn und drehe mich für
ihn, während der Saum der Seide leicht über meine Ober-

schenkel gleitet. Er klickt erneut, schnell hintereinander. Ein heißer Strom durchfährt mich.

Wochen später, als der Film entwickelt war, traf es mich, wie völlig ungestellt ich wirkte—keine Pose, keine Künstlichkeit, einfach eine Frau, ganz lebendig in ihrer eigenen Haut.

Er stellt die Kamera vor sich ab, als wäre dieses kleine Ritual des Festhaltens bloß der Prolog. Dann durchquert er den Raum mit ein paar bedachten Schritten. Mein Körper spannt sich an, ich weiß genau, was er tun wird. Diese rohe Energie zwischen uns—das Verlangen, die Gewissheit, der Hunger, die ich bei keinem anderen je gekannt habe—schlägt laut und klar.

Seine Hände finden den Saum meines Kleides und schieben die Seide mit geübter Sicherheit höher. Die aufgeladene Hitze von ihm presst sich an meine Kurven, seine Beherrschung steht kurz davor zu zerbrechen. Wir verharren, gefangen in einem Atemzug, der nach ungesagtem Verlangen schmeckt, nach jedem gestohlenen Moment und jedem geflüsterten Versprechen.

Dann zieht er mich an sich. Eine Hand legt sich tief auf meinen flachen Bauch, die andere auf meinen glatten Rücken und führt mich, bis mein Körper sich an seinen anschmiegt. Seine Bewegungen sind selbstbewusst, beharrlich, eine zärtliche Eroberung, als würde er etwas zurückerobern, nach dem er sich seit dem ersten Moment, in dem er mich sah, gesehnt hat.

Das Unvermeidliche liegt in der Luft, als wäre ich in dem Moment, als ich dieses Kleid anzog, bereits sein—bereit, von ihm ausgezogen zu werden. Keiner von uns sagt ein Wort. Es bleibt nur die stille Übereinkunft des Begehrens, das dunkle Versprechen dessen, was als Nächstes folgt—und der bittersüße Hauch des Abschieds-Déjà-vu, das sich bereits in der Nacht um uns zusammenzieht.

In den folgenden Wochen tun wir verzweifelt so, als würden unsere gestohlenen Momente ewig dauern, obwohl ich bei jedem Herzschlag zweifle. Immer wenn er aus der Wüste zurückkehrt—gezeichnet von Sonne und Sand, staubbedeckt—fallen wir in unseren alten Rhythmus, doch ein Teil von mir sträubt sich dagegen, wie mühelos ich ihn hereinlasse. Morgens ist sein Kaffee immer stark, meiner kaum warm. Ich frage mich, ob die Bitterkeit in meiner Tasse meine Unruhe verrät. Selbst die kleinsten Rituale fühlen sich zugleich tröstlich und fehl am Platz an. Unsere Füße berühren sich unter dem Tisch, das Schweigen dehnt sich zwischen den Schlucken. Es fühlt sich an wie ein Echo eines Lebens, das wir uns leihen, aber dem wir nie ganz gehören.

Abends kochen wir nebeneinander, während sich Aromen vermischen und aufeinanderprallen wie unsere Gefühle. Wir essen im Halbdunkel, unser Lachen ein zerbrechlicher Schutzschild gegen die Erkenntnis, dass nichts von Dauer ist. Dann lassen wir uns ineinander fallen, suchen Wärme und spüren die Angst vor dem, was nach der Glut der Begierde kommt. Stundenlang spielen wir Backgammon, dasselbe abgenutzte Brett zwischen uns, als könnten die rollenden Würfel die Wirklichkeit abwehren. Mit jedem Stein, den wir bewegen, spüre ich das Gewicht des bevorstehenden Endes.

Die Routine wirkt heilig—ein eingespieltes Ritual eines Lebens, das wir einst für möglich hielten—und zugleich ist sie scharf wie eine Messerschneide: schön und bedrohlich.Unser Lachen klingt immer noch nach uns, doch darunter pulsiert ein Zittern der Angst: die Zeit rinnt uns durch die Finger. Ende Juli habe ich unserem Ende eine ungefähre Form gegeben. Noch zwei Monate, bis Marc Kuwait verlässt. Noch zwei Monate, bis diese unbändige, alles verzehrende, zärtliche Liebe ausgelöscht werden muss.

Ich schreibe in mein Tagebuch: Ich weiß nicht, wie ich das überstehen soll. Ich habe Angst—nicht nur vor dem Ende, sondern vor dem leeren Danach. Angst davor, in einem Zimmer aufzuwachen, das noch nach ihm riecht, nur um es leer vorzufinden. Angst davor, nach einer Tasse zu greifen, die er einst gehalten hat, und vor ihrer Kälte zurückzuschrecken. Angst davor, „unser" Lied in einem Café, in einem Taxi oder in einer ungewohnten Lobby zu hören—und innerlich zusammenzubrechen.

Was dann? Werde ich in Tränen ausbrechen? Werde ich ein Lächeln aufsetzen, das ich nicht fühle? Werde ich den Raum fluchtartig verlassen oder bleiben und still zerbrechen? Ich fürchte die Stille—sein Schweigen—wenn die Wohnung aufhört, mit uns zu leben. Ich fürchte das Geräusch meines eigenen Atems in der Leere.

Ich sehne mich danach, die Pausetaste zu drücken: den Lichtstrahl, der über den Boden fällt, festhalten, die halbvolle Kaffeetasse, die Berührung seiner Hand an meiner Hüfte, die Musik, die noch spielt. Ich möchte, dass die Zeit stillsteht, weil ich nicht weiß, wie ich loslassen soll. Ich schwöre mir, jede Sekunde auszukosten, und doch liegt selbst in unseren vollkommensten Augenblicken dieses nagende Ziehen, das flüstert: Du verlierst es schon.

Wie hält man an etwas fest, das einem bereits entgleitet? Ich kann mir nicht vorstellen, jemals wieder so geliebt zu werden. Und ich kann mir ebenso wenig vorstellen, jemals wieder so zu lieben. Wer nach ihm kommt, wird immer in seinen Schatten treten, wird ihm immer nachfolgen.

Wir sind in seinem Zimmer, das Teil der Wohnung ist, die er mit seinen Kollegen teilt. Ein übergroßes Bett beherrscht den Raum, und Verdunkelungsvorhänge, die uns vor der drückenden Hitze und neugierigen Blicken schützen, hängen an den Fenstern, während die Klimaanlage unablässig dröhnt und den Raum in eine Eiskammer verwandelt—eine beißende Kälte, die uns vergessen lässt, dass wir in Kuwait sind, eine Kälte, die uns glauben machen könnte, die Welt draußen sei verschwunden. Doch das ist nicht so. Trotz der Kälte finden wir Wärme in den Armen des jeweils anderen unter einer schweren Wolldecke, die bald gegen Laken ausgetauscht wird.

Der Fernseher flackert in der Ecke, seine leise Lautstärke ist eine konstante Präsenz; er wechselt zwischen CNN und BBC. Wir schalten ihn nie aus. Wir sind süchtig nach den Nachrichten—es ist in uns eingebrannt. Seine Uniform. Mein Diplomatenpass. Wachsamkeit ist Teil von uns. Es ist keine Gewohnheit; es ist Überleben.

Es ist ein Tag, an den ich mich für den Rest meines Lebens erinnern werde—nicht wegen des Sonnenlichts, in dem ich jetzt bade, sondern wegen des Schattens, den ich noch nicht sehen konnte.

Er ist in mir und bewegt sich mit bedachter Langsamkeit. Es ist ein gemächlicher Tanz, ein Liebesspiel, getragen von tiefem Verstehen. Nichts Gehetztes, nichts Forderndes. Nur ein Rhythmus, auf den wir uns wortlos eingestimmt haben.

Die Laken schlingen sich um unsere Beine, meine Finger zeichnen Muster auf seinem Rücken. Mein Kopf neigt sich leicht zur Seite, und genau in diesem Moment höre ich es.

„Eilmeldung aus Ostafrika—Explosionen bei den US-Botschaften in Nairobi und Daressalam gemeldet…"

Ich stocke—nicht vor Terror, sondern vor etwas Vertrautem, das plötzlich auftaucht.

Der Bildschirm füllt sich plötzlich mit Bildern: hartes Grün- und Grauschimmern, Straßen übersät mit Glasscherben, verwundete Körper verstreut, Gesichter erstarrt vor Schock, Rauch wölbt sich in dicken schwarzen Wolken. Der Nachrichtensprecher dröhnt weiter—Opferzahlen, mutmaßliche Verbindungen, die ersten Bilder strömen herein—aber ich wende meinen Blick bereits zurück zu ihm.

Marcs Augen halten meine fest, intensiv und ohne zu blinzeln, das Gewicht eines Versprechens tragend. In ihnen sehe ich es: Bei mir bist du sicher. Und dann macht er weiter. Wir halten nicht inne. Denn etwas in uns weiß längst: Wir können die Welt nicht retten. Nicht heute. Alles, was wir tun können, ist, einander festzuhalten. Und das tun wir.

Danach liegen wir in Stille. Der Raum ist still, durchbrochen nur vom leisen Ausströmen der Klimaanlage aus den Lüftungsschlitzen und dem fernen, in Dauerschleife laufenden Dröhnen der Eilmeldungen. Er lehnt sich zum Nachtkästchen, greift nach der Fernbedienung, schaltet den Fernseher aber nicht stumm, sondern dreht nur die Lautstärke leiser.

Wir klammern uns nur fester, als könnten unsere Körper allein verhindern, dass die Welt eindringt. Draußen breitet sich das Chaos aus. Drinnen gibt es nur den stechenden Hauch kalter Luft, das Flackern eines leisegeschalteten Bildschirms und die verzweifelte Illusion, dass wir jetzt, in dieser Nacht, unantastbar sind.

KAPITEL 11

Die Woche, die mich bricht

Es ist der 20. August—nur zwei Wochen, bevor alles, was wir hatten, unweigerlich zu Ende gehen wird, obwohl ich im Moment nichtsahnend dem drohenden Chaos gegenüberstehe. Und doch haben sich gleichzeitig alle von mir gehegten Ängste auf irgendeine Weise erfüllt. Gestern stieg er in einen Flieger nach Israel, um eine Woche bei seiner Frau zu verbringen. Es ist nicht der endgültige Abschied—er wird zurück sein, bevor der Monat um ist—aber es trägt den Schmerz einer Generalprobe dafür. Und für mich würde diese Woche die Hölle sein.

Dieses Muster kommt mir nur zu vertraut vor: wieder ein ehelicher Besuch, der im Kalender vermerkt wird, und ich weiß nicht, ob ich wütend oder resigniert sein soll. Im Juni hatten wir noch Zeit miteinander, Zeit, die sich fast unendlich anfühlte, während wir uns in den Armen hielten. Jetzt flüstert er ihr wieder süße Versprechen ins Ohr, dieselben, die er mir einst in den stillen Nachtstunden zuraunte, streicht zärtlich über ihre Haut, so wie er es einst bei mir tat. Und hier bin ich, innerlich auseinanderfallend: still blutend an einer unsichtbaren Wunde, die ich gar nicht haben dürfte.

Das ist nicht nur eine vorübergehende Traurigkeit, und ich weiß nicht, ob ich dagegen ankämpfen oder mich ihr hingeben soll. Sie sitzt bei mir—konstant, ungelöst—ein Schwere, die ich den Tag über mit mir herumtrage. Ich bewege mich durch den Tag, als sähe ich zu, wie jemand anders ihn erlebt. Alles wirkt leicht gedämpft. Und darunter verschwindet der Schmerz nicht. Noch nicht.

Die letzten Tage vor seiner Abreise nach Israel waren zärtlich und dennoch überschattet von der Gewissheit, dass sie bald zu Ende gingen. Zwischen uns lag eine vertraute Geborgenheit, aber auch eine Dringlichkeit, die wir nicht beim Namen nannten.

Wir schwammen im Pool seines Apartmentkomplexes, jenem, in dem er mit Kollegen ein Apartment teilte, das er aber selten nutzte, weil er fast immer bei mir war. Das Wasser war von der Hitze bereits warm, die Oberfläche flimmerte im Sonnenlicht. Als wir hinauskamen, tropfnass und von der starken Sonne gerötet, hüllten wir uns in Handtücher und schlüpften wieder in seine Wohnung, wo sich die kühle Luft sich auf unsere feuchte Haut legte.

Wir liebten einander, als hätten wir keine Zeit mehr—manchmal langsam, manchmal verzweifelt, immer so, als wollten wir einander tief in uns bewahren. Danach lachten wir oder lagen einfach still da, zu erfüllt, um zu sprechen, zu nah, um uns zu bewegen. Dort liegend strich er mir die feuchten Haare aus dem Gesicht. „Ich will das nicht vergessen", murmelte er. Ich legte meine Hand auf seine Brust und spürte sein Herz. „Das wirst du nicht", sagte ich, obwohl ich nicht sicher war, ob ich daran glaubte.

Zurück in meiner Wohnung aßen wir zu Mittag am kleinen Küchentisch—reife Tomaten, knuspriges Brot, weicher Käse. Es waren einfache Dinge, und doch waren sie für uns ein Festmahl. Wir reichten uns die Teller, wischten Krümel vom Tisch und gossen kaltes Wasser in nicht zueinander passende Gläser.

Nachmittags ließen wir uns auf dem blauen Sofa fallen, die Beine ineinander verschlungen, und sahen alte Komödien, bei denen wir lachten, bis uns die Tränen kamen. Zwischen den Witzen gab es lange Pausen, Momente, in denen wir uns einfach nur in die Augen sahen, als wäre das allein genug.

Nachts kuschelten wir uns ineinander unter den Laken, das Zimmer dunkel und still. Wir flüsterten in der Stille — zarte Worte, ehrliche Worte, die Art von Worten, die man nur sagt, wenn sich alles sicher anfühlt. Ich erinnere mich nicht daran, was wir gesagt haben. Ich erinnere mich nur an das Gefühl, als wären wir genau dort, wo wir hingehörten.

Als das erste Morgenlicht durch die Vorhänge fiel, küsste er mich, packte er seine Sachen und machte sich auf den Weg in die Wüste. Am Fenster stehend sah ich, wie sein Auto die staubige Straße hinunterrollte, und je weiter er sich entfernte, desto stärker wurde der Schmerz. Ich wusste, dass er bald zurückkehren würde — für eine kurze Verschnaufpause in der Stadt — doch danach wartete Israel, eine Distanz, die ich mir kaum vorzustellen wagte.

Allein in der bedrückenden Stille der Wohnung brach ich zusammen. Ich mied die Küche vollständig und ignorierte den Hunger, der an meinem Magen nagte. Stattdessen setzte ich mich wieder ans Fenster und rauchte eine Zigarette nach der anderen; der beißende Rauch hüllte mich wie ein erstickender Schleier ein. Tränen rannen mir die Wangen hinab, ich rang nach Luft, doch selbst seine beruhigende Stimme am anderen Ende der Leitung an diesem Abend drang nicht zu mir durch. Zu diesem Zeitpunkt zerstörte die drohende Gefahr über unserer Beziehung das fragile Gleichgewicht zwischen uns.

Trotz unserer Nähe zog ich mich zurück. Die Kosenamen, die einst so leicht über meine Lippen kamen, blieben mir im Hals stecken. „Liebling" und „Ich liebe dich" kamen mir nicht mehr über die Lippen — verschluckt vom Schweigen, das mit jedem unausgesprochenen Wort schwerer wurde. Mein Körper schmerzte vor Sehnsucht, eine ständige Erinnerung an die Liebe, die ich bald begraben müsste.

Dienstagabend, am Vorabend seiner Abreise nach Israel, tickt die Uhr an meiner Schlafzimmerwand lauter, als sie sollte. Der Raum ist dämmrig, und keiner von uns macht das Licht an. Wir sitzen schweigend nebeneinander, das Gewicht des Kommenden drückt auf uns. Fast zwei Stunden vergehen —langsamer, schmerzhafter als sonst. Ich versuche, nicht zu weinen, doch die Tränen kommen trotzdem. Nicht aus Eifersucht oder Misstrauen. Sondern nur aus dem Wissen.

Er wird sie sehen. Seine Frau. Die Frau, an die er gebunden ist, selbst wenn er jetzt hier bei mir sitzt.

Er streckt die Hand aus und fährt mit dem Handrücken seiner Finger—langsam, behutsam, vertraut—die Innenseite meines Unterarms entlang. Ein Rhythmus, den er schon früher verwendet hat, um mich zu beruhigen. Dann zieht er mich an sich, umschließt mich mit den Armen, als könne er mich vor dem schützen, was als Nächstes kommt. Ich lasse es zu. Nicht weil es irgendetwas besser macht, sondern weil ich nicht weiß, was ich sonst tun soll.

Er sagt nichts. Was sollte er auch sagen? „Es tut mir leid, weil ich meine Frau sehen werde?" Natürlich nicht. Es gibt keinen Satz, der ein solches Weggehen für mich beschönigen könnte.

So bleiben wir, Seite an Seite, in der Stille. Seine Berührung ist warm. Ich spüre, wie sich mir der Hals zuschnürt.

Und alles zwischen uns—die Nähe, der Trost, die Illusion—beginnt bereits zu schwinden.

In jener Nacht liege ich im Bett, wach und reglos, während er systematisch seine Sachen packt—die makellos neuen Shorts, die wir zusammen ausgesucht haben, die eingelaufenen Flip-flops, an denen noch der Sand von Bahrain haftete. Mein Körper ist leer, zu schwach, um aufzustehen, der Hunger längst nur noch eine ferne Erinnerung. Jedes Hemd, das er faltet, ist ein kleiner Verrat, der sich tiefer in meine Brust bohrt; jeder Gegenstand, den er in seinen Koffer legt, nimmt mir ein Stück meiner Entschlossenheit. Er hält ab und zu inne, bietet eine Zärtlichkeit an, die trösten soll, doch sie schärft nur den Schmerz und erinnert mich daran, dass er bereits im Aufbruch ist.

Was muss ihm wohl durch den Kopf gegangen sein? Quälte er sich meinetwegen, während er seine Vorfreude darauf verbarg, wieder mit seiner Frau vereint zu sein? Sicher muss auch er gelitten haben. Aber ich schluchzte so sehr, dass ich es nicht sehen konnte.

Ich werde von einer erdrückenden Traurigkeit verzehrt, die seine Berührung unerträglich macht. Wenn er nach mir greift, wende ich mich ab—nicht aus Trotz, sondern weil mir mein eigener Körper fremd geworden ist, unfähig, ihn zu umarmen, während das Gewicht unseres bevorstehenden Abschieds auf mir lastet. Als ich in einen unruhigen, von Trauer durchzogenen Schlaf gleite, nehme ich kaum wahr, wie er, nachdem er sein Auto einem Kollegen überlassen hat, sich lautlos wieder neben mich unter die Decke schiebt.

Das Licht ist weich, als ich aufwache. Seine Arme umschlingen mich, sein Atem ruht gleichmäßig an meinem Nacken. Ich bleibe still, versuche, es mir einzuprägen—das Gewicht seines Körpers, die Wärme seiner Haut, als könne das Festhalten die Zeit anhalten.

Wir lieben uns wieder. Langsam. Vertraut. Als versuchten wir, etwas festzuhalten, das bereits zu entgleiten beginnt. Ich weine, obwohl ich es zu unterdrücken versuche. Für ihn. Für sie. Für die Version von mir, die glaubte, sie könnte das bewältigen. Denn in nur wenigen Stunden wird er bei ihr sein. Und ich werde immer noch hier sein. All das bei mir tragen. Manchmal frage ich mich, wie er damit lebt, dieses Doppelleben. Die sich verschiebenden Grenzen. Die Geschichten, die er auseinanderhalten muss.

Aber am meisten frage ich mich, wie ich das aushalte.

Schließlich kommt der gefürchtete Moment: Ich muss ihn gehen lassen. Ich klammere mich ans Lenkrad, während ich ihn zu dem alten Schulgebäude in der Innenstadt von Kuwait-Stadt fahre, das inzwischen in ein umfunktioniertes lokales Hauptquartier der Vereinten Nationen verwandelt wurde—unter Insidern bekannt für eines: Abreisen. Es ist der Sammelpunkt für das Personal, bevor sie eilig zum Flughafen gebracht werden, und heute sind wir an der Reihe, uns dem Unvermeidlichen zu stellen.

Auf dem Weg zur Abholstelle ist unsere Stille schwer, fast erstickend, wie ein Nebel, der hängen bleibt und alles verschleiert. Ich werfe ihm einen verstohlenen Blick zu, eine Frage brennt in mir, doch ich dränge sie zurück. Ich bin hin- und hergerissen: Ich will wissen, ob er sich freut, sie zu sehen, und zugleich fürchte ich seine Antwort. Denn ich weiß, dass er es tut.

Natürlich tut er das.

Warum sollte er sich nicht danach sehnen, zu seiner Frau zurückzukehren—zu der Frau, die seinen Namen, seine Versprechen, seine Zukunft trägt? Das Wissen um seine Aufregung zieht mir den Magen zusammen. Selbst wenn er versucht, seine wahren Gefühle hinter einem tröstenden Lächeln zu verbergen, fürchte ich, dass er sich in dem kurzen Atemzug verrät, bevor er spricht.

Das Gebäude der Vereinten Nationen steht verlassen da, fast geisterhaft im milchigen Morgenlicht, das die staubigen Fenster streift. Wir passieren die Sicherheitskontrolle. Die Tore öffnen sich, lassen das Auto auf das Gelände und fallen hinter uns schwer ins Schloss. Eine Handvoll seiner Kollegen verweilt in der Nähe und unterhält sich. Einige tragen das Abzeichen unseres Landes, andere gehören zur UN-Koalition —Männer aus Ghana, Finnland, Frankreich, Kanada—alle Teil der internationalen Truppe, die die angespannte Grenze zwischen Irak und Kuwait bewacht. Ihre Anwesenheit ist wie eine unsichtbare Barriere, die uns daran erinnert, dass hier, an diesem Ort, persönliche Wahrheiten im Schweigen bleiben müssen.

Ich halte kurz an, Marc öffnet die Tür und greift nach seiner Tasche, die Bewegung kurz und routiniert. Einen Moment verweilt er, seine Hand streift meine. Ich nicke. Meine Augen folgen ihm, während er langsam davongeht.

Nachdem ich das Auto geparkt habe, stehe ich etwas abseits der Gruppe, meine geröteten Augen verborgen hinter einer dunklen Sonnenbrille. Ich bleibe steif, die Hände reglos, spiele Gleichgültigkeit und tue so, als wäre er nichts weiter als ein Kollege. Nur ein weiterer Offizier, der abreist. Marc salutiert den Männern—eine Geste der Pflicht, des Protokolls. Ich antworte mit einem kaum merklichen Nicken, meinem eigenen stillen Salut, unsichtbar für alle außer mir, ein privater

Akt der Loyalität. Und doch fange ich in diesem flüchtigen Moment etwas in seinen Augen auf—ein Flackern, ein Blick auf denselben Schmerz, der mich innerlich zerreißt. Es ist die unerträgliche Schwere des Abschieds, verstärkt durch die grausame Notwendigkeit, so zu tun, als bedeuteten wir einander nichts. Er fliegt nach Israel, zu seiner Frau, zu dem Teil seines Lebens, der mich nicht einschließt. Und dennoch erkenne ich in diesem Moment, dass auch er unter dieser Situation leidet. Seine Brust ist wohl eng von demselben Schmerz, der meine zerdrückt—eine stille, geteilte Qual.

Er schwingt seine Tasche auf die Schulter und neigt den Kopf nur kurz, eine Geste, die die Unruhe darunter kaum verbirgt. Der Motor des Shuttles setzt mit einem Dröhnen ein, eine mechanische Gleichgültigkeit, die in scharfem Gegensatz zu unserem Gefühlssturm steht. Und dann, mit schwerem Herzen, sehe ich ihm nach, wie er sich abwendet und im Fahrzeug verschwindet. Ehe ich mich versehe, ist er fort.

Im Nachhinein glaube ich, dass ich längst wusste, dass ich ihn ihr zurückgeben müsste. Aber noch nicht. Noch nicht ganz. Aber bald.

Etwas hatte sich verändert. Nicht in dem, was er sagte, sondern in dem, was er verschwieg. In der Art, wie er mich küsste—sanft, wie jemand, der sich bereits löst. In der Art, wie er mich berührte—als wolle er sich alles einprägen, nicht um zu bleiben.

Und ich ließ ihn gehen. Weil ich wusste, dass er zu mir zurückkehren würde. Noch einmal. Vielleicht zweimal. Aber nicht für immer. Niemals für immer.

Die Fahrt zurück zur Botschaft verschwimmt in einem Schleier der Verzweiflung, ebenso die Stunden, die ich bei der Arbeit zubringe. Benommen gleite ich durch den Tag, mein

Verstand betäubt von einem allumfassenden Herzschmerz. Ich weine unkontrolliert, bis mich meine Kollegen, besorgt und machtlos, nach Hause schicken. Ich bin nur noch ein Schatten meiner selbst, unfähig zu funktionieren, habe keinen Appetit, rauche eine Zigarette nach der anderen und weine, bis keine Tränen mehr übrig sind.

Ich sitze zusammengesunken auf dem blauen Sofa—einst unseres, jetzt nur noch ein Stück Vergangenheit. Die Kissen tragen noch die Form unserer Zweisamkeit; die Stille, die früher zwischen uns lag, scheint nun in den Bezügen gefaltet zu sein.

Das filigrane Goldband an meinem Finger fängt die Nachmittagssonne und wirft einen leisen Schimmer durch den Raum. Es ist mehr als nur ein Ring; es ist ein Zeugnis unseres Geheimnisses, einer Liebe, die jedes Maß sprengte. Ich denke an den Tag im Goldsouk, an dem wir ihn gemeinsam ausgesucht haben—unsere Finger streiften sich, während wir über die mit Samt ausgelegten Tabletts gebeugt waren, und wir beide wussten sofort, welcher Ring der richtige war. Ich erinnere mich an meinen Geburtstag, an die leisen Klaviertöne, an die Zärtlichkeit in seinem Gesicht, als er ihn mir über den Finger schob, als wäre es das Natürlichste der Welt.

Wenn ich jetzt darauf blicke, kehren die Erinnerungen zurück—seine warme Umarmung, die heimlichen Augenblicke, das Lachen, die leisen Versprechen. Das schlichte Design des Rings verschleiert seine Bedeutung; jede Linie trägt das Gewicht dessen, was niemals sein konnte. Eine frische Welle der Traurigkeit überrollt mich, denn dieser winzige Reif ist eine ständige Erinnerung an den Mann, der nie mir gehören konnte, und an das Leben, das wir nie teilen werden.

Wohlmeinende Menschen sagen mir immer wieder, ich solle die Zeit, die wir hatten, wertschätzen. Ich versuche, ihrem Rat zu folgen: Ich lasse jene langen Nachmittage auf meinem blauen Sofa noch einmal aufleben—wie wir uns küssten, eine Zeitschrift lasen, Musik hörten; wie sein Lachen den Raum erfüllte und seine Augen an meinen hingen, als wäre ich die einzige Person, die zählte. Doch Dankbarkeit lindert die Trauer nicht. Was wir teilten, fühlte sich zutiefst echt an—die Aufregung heimlichen Geflüsters, die Angst vor dem nächsten Abschied, die Hoffnung in gestohlenen Momenten, das Gewicht der Stille. Er zeigte mir, wie Liebe wirklich sein kann, und sie zu verlieren fühlt sich an, als würde ein Teil von mir herausbrechen.

Und doch sitze ich hier, zerrissen zwischen Dankbarkeit für die Vergangenheit und der Qual der Gegenwart.

KAPITEL 12

Das Ende unseres Sommers

3. September 1998.

Der Tag, an dem unser Sommer zu Ende ging. Nicht mit dem langsamen Ausklingen, das wir uns vorgestellt hatten, sondern mit einem plötzlichen Befehl aus weiter Ferne—eine Entscheidung, die in einem anonymen Büro getroffen wurde, von Menschen, die niemals erfahren würden, was sie uns gekostet hatte.

Es war vorbei. Keine Pause, kein halb offener Abschied—sondern ein abruptes Ende. Unsere Liebe—meine Liebe—existierte nun nur noch in der Erinnerung, im Schmerz zwischen den Herzschlägen, in Stunden, die ich niemals zurückerlangen konnte. Er war vor einer Stunde gegangen. Zum letzten Mal.

Als er es mir sagte, blieben uns nur noch wenige Stunden. Ich hatte immer gewusst, dass unsere gemeinsame Zeit begrenzt war, wie Sand, der durch eine Sanduhr rinnt, doch ich klammerte mich an die Illusion, wir hätten noch Wochen, bevor die Zeit endgültig ablief.

An diesem Abend lagen wir ineinander verschlungen im Bett, die Laken um uns gewickelt, unsere Kleidung lässig im Zimmer verstreut. Die Luft roch nach Haut und Klimaanlage, nach einer Nacht, die noch nicht zur Ruhe gekommen war.

Er drehte sich leicht, sein Gesicht halb im Kissen vergraben, und flüsterte: „Sie schicken mich nach Hause."

Ich erstarrte. „Was?"

Er rührte sich nicht. „Ich wollte den Abend nicht verderben", gestand er. „Aber ich wusste es schon seit gestern."

Ich setzte mich auf, die Laken rutschten von mir. „Warum hast du es mir nicht gesagt?"

Er atmete aus und starrte an die Decke, als könnte der Putz eine Antwort geben.

„Weil ich nicht wusste, wie." Er hielt inne. „Es gab eine Planänderung. Sie ziehen uns früher ab—interne Umstrukturierung, sagten sie. Nichts Dringendes. Einfach... ohne uns beschlossen."

Ich starrte ihn an; die Endgültigkeit hatte sich bereits in meiner Brust festgesetzt. „Aber wir hatten doch bis Ende September."

„Hatten wir. Bis gestern."

Er zögerte, die Stille schwer und drückend. Dann, leise: „Ich wollte auch nicht, dass es so endet."

In diesem Moment traf mich die Wirklichkeit mit voller Wucht: eine Endgültigkeit, die unvorbereitet kam und tief traf.

Er hatte dieses Wissen schon einen Tag bei sich getragen, vielleicht länger. Ich machte ihm keinen Vorwurf, nicht wirklich. Ich wusste, er hatte versucht, das Zerbrechliche zwischen uns zu bewahren. Aber diese Verzögerung, dieses verpasste Zeitfenster, in dem wir unser Ende gemeinsam hätten formen können, machte alles schärfer. Grausamer.

Es würde keine Abschiedsreise auf die Insel geben. Kein bewusstes Auflösen des Lebens, das wir uns aufgebaut hatten. Nur das: ein im Dunkeln geflüsterter Satz, ein bereits halb gepackter Koffer und ein Abschied, der Tage früher kam, als ich bereit war.

Und vielleicht war es genau das, was mich zerstörte—nicht nur das Weggehen, sondern die Tatsache, dass ich keinerlei Mitspracherecht hatte.

Etwas in mir zerbrach in jener Nacht. Und der Riss wurde von da an nur größer.

Die Narbe, die bleibt

Abschiede sind schwer — selbst wenn man weiß, dass sie kommen. Selbst wenn man die Tage gezählt, den Abschied geübt und sich einge-redet hat, stark zu sein.

Denn wenn Liebe einmal in dir gelebt hat, kann keine noch so gründliche Vorbereitung die Stille lindern, die danach folgt. Du berei-test dich vor — und doch trifft es dich.

Das ist das Besondere an endgültigen Abschieden: Sie kommen nicht auf einmal. Sie schleichen sich heran. Und dann, plötzlich, sind sie überall.

Seine Worte hingen in der Luft, schwer und beladen mit einer Reue, die keiner von uns auszusprechen wagte. Wir hatten uns versprochen — still, aber nicht minder aufrichtig — bis Ende September zusammenzubleiben. Dieses Verspre-chen, so still und doch so bindend, wurde jäh zerschlagen. Entrissen durch unpersönliche Formulare, die in einem steri-len Büro hin- und hergereicht wurden, wo anonyme Beamte mit einem Federstrich die Macht hatten, meine ganze Welt zum Einsturz zu bringen.

Wir hatten nie die Gelegenheit, das Ende zu planen. Kein sanftes Ausklingen, keine behutsamen Abschiedsrituale. Nur eine anonyme Anweisung und eine festgelegte Abflugzeit. Ich stellte mir einen Sachbearbeiter an einem Schreibtisch ir-gendwo vor, der eine Akte von einem Stapel in den nächsten schob, ohne zu ahnen, dass er damit das Bedeutendste, das ich je gekannt hatte, beendete. Es war keine Böswilligkeit. Es war Bürokratie. Doch gerade das machte es schlimmer. Es gab niemanden, auf den man wütend sein konnte. Keinen Feind. Nur ein System, das einfach weiterlief.

Drei Wochen. Ungefähr einundzwanzig Tage, auf die wir gezählt hatten, wurden uns jetzt genommen. Und vielleicht trauerte ich nicht nur um die Tage—vielleicht war es der Verlust unserer Selbstbestimmung. Die Möglichkeit, unseren Abschied zu gestalten. Das Kapitel bewusst und mit Zärtlichkeit zu schließen. Stattdessen blieb ich nach Luft schnappend zurück, mein Herz unter dem Gewicht eines Endes zerdrückt, das ich nicht wählen durfte.

Ich wollte ihn nie besitzen; ich wollte nur über das Ende bestimmen. Als mir das genommen wurde—als sich die Zeitlinie ohne meine Zustimmung verschob—zerbrach etwas in mir.

In der Nacht, bevor er Kuwait für immer verließ, spielten wir unser letztes, schicksalhaftes Spiel. Wir saßen eng beieinander auf dem blauen Sofa, das Brett zwischen uns, vertraut und doch von unausgesprochener Schwere erfüllt, als ahnte es selbst die Bedeutung des Augenblicks. Stille hüllte uns ein; jede Figur wurde mit einem gezielten Klick gesetzt, jeder Klick ein leiser Impuls, der das Ende näherbrachte.

Ich gewann—vielleicht hatte er es zugelassen; ich wagte nicht, es zu hinterfragen. Als alles vorüber war, klappte er das Brett zu, so ruhig und endgültig, als würde er eine Tür schließen, und steckte es in seine Tasche. Sein Daumen strich über den ausgefransten Taschenrand, als wollte er sich diesen letzten Augenblick einprägen. Dann wandte er sich mir zu, und in diesem Blick brach etwas in mir.

Ich begreife erst Jahre später, dass ich nie wieder Backgammon gespielt habe.

Nicht ein einziges Mal. Mit niemandem.

Es ist keine bewusste Entscheidung. Ich verbiete es mir nicht. Ich … kann einfach nicht.

Es gibt Dinge, die so sehr an einen Menschen gebunden sind, dass sie aufhören zu existieren, sobald er nicht mehr da ist.

Für uns ist es Backgammon. Diese langsamen, stillen Partien. Das leise Klacken der Würfel. Seine Augen auf meinen statt aufs Brett. Der Rhythmus, den wir teilen, ohne Worte zu brauchen.

Es ist nur ein Spiel. Und doch eine Sprache.

Und sobald er geht, vergesse ich, wie man sie spricht.

Er ergriff meine Hände—warm und fest—und für einen flüchtigen Moment fühlte es sich an wie all die anderen Nächte, die wir geteilt hatten. Doch das hier war das Ende. Eine Träne entwich, bevor ich sie zurückhalten konnte. Er löste seinen Griff nicht. Wir saßen da, die Köpfe gesenkt, die Hände ineinander gelegt, und weinten—so verletzlich, wie man nur ist, wenn nichts mehr zu verlieren bleibt. Keine großen Erklärungen, keine Versprechen, nur das schmerzliche Bewusstsein, dass das, was wir einmal hatten, für immer verloren sein würde.

Als wir schließlich aufstanden, waren meine Handflächen in seinen Händen klamm. Er hielt sie einen Augenblick länger, dann hob er sie zärtlich an seine Lippen.

Wir verbrachten noch eine letzte Nacht zusammen—liebten einander, hielten einander, schliefen Seite an Seite ein—zum letzten Mal. Selbst dann wusste ein Teil von mir, dass es nie wieder so sein würde. Nicht mit ihm. Vielleicht mit niemandem.

Der letzte Augenblick

Am Morgen sitze ich auf einem schlichten weißen IKEA-Stuhl im Wohnzimmer. Er kniet zwischen meinen Beinen und hält meine Hände in seinen.

Wir schluchzen beide.

Abschied — von einem Sommer voller Liebe, einem Sommer, der auf so grausame Weise von außen jäh beendet wurde. Etwas, das keiner von uns gewählt hat.

Er trägt seine Wüstenuniform — die ich so sehr liebe. Die, die ihn wie Stärke selbst erscheinen ließ. Und jetzt macht sie alles nur noch schwerer.

Noch ein letzter Kuss. Noch ein letzter Blick in seine tiefblauen Augen, gezeichnet von Qual.

Ich streiche mit den Fingern über sein Gesicht und verharre an seinen Lippen. Ich präge mir ihre Form ein. Die Weichheit. Die Stille. Er sieht mich lange an, mit einem Blick, als wolle auch er mich einprägen. Dann hebt er die Hand und wischt mir die Tränen weg. Seine Finger gleiten an meiner Hand entlang, verharren über dem Ring, den er mir geschenkt hat, und kreisen einmal um ihn, als wollten sie ihn im Gedächtnis versiegeln.

Dann steht er auf — widerwillig, beinahe ehrfürchtig. Er wischt sich die Tränen ab. Greift in seine Tasche. Und gibt mir den Schlüssel zurück, den ich einst mühsam für ihn erkämpft habe. Mein Schlüssel. Unser Schlüssel.

Er legt ihn sacht auf den Esstisch. Dann dreht er sich um. Und entfernt sich von mir, die Tasche mit dem Backgammonbrett fest an sich gedrückt.

Die Tür schließt sich hinter ihm.

Und dann ist er weg.

Ich saß stundenlang in diesem Stuhl, reglos. Draußen verging der Tag, ohne dass ich es bemerkte. Das Licht im Zimmer wanderte, die schmalen Rechtecke der Jalousien zogen über den Boden weiter und weiter — ich hingegen rührte mich nicht. Mein Blick haftete an der leeren Wand vor mir, als könnte ich sie so fest anstarren, dass die Tür sich wieder öffnete, dass er wieder hereinkam. Mein Körper fühlte sich schwer an, beschwert von etwas, das ich nicht ablegen konnte. Mein Geist war in eine weiße Leere getaucht, mein Herz ausgehöhlt; übrig blieb nur das Echo dessen, wo er gewesen war.

Wie konnte ein Mensch nach einer Liebe wie dieser weiterleben? Es fühlte sich nicht wie eine Trennung an. Es fühlte sich an wie das Ende einer Welt—unserer Welt—die sich in sich zusammenfaltete und an einen Ort verschwand, den ich nie wieder erreichen konnte. Ein Teil von mir war mit ihm gegangen, und ich wusste bereits, dass er nicht zurückkommen würde.

Ich versuchte mir einzureden, dass Herzschmerz etwas Universelles war. Menschen ertrugen ihn jeden Tag. Sie weinten, sie kamen darüber hinweg, sie fanden neue Liebe. Aber das hier war anders. Das war nicht gewöhnlich. Das erlebt man selten zweimal. Die Art von Verbindung, die man nicht ersetzt, die niemand mit einem „Schön für dich" wegwischen kann. Und jetzt war sie weg, mir ohne Vorwarnung entrissen. Ich konnte mir nicht vorstellen, das jemals wieder zu erleben —diese Fülle, dieses Feuer, die Art, wie er mich ansah, als gäbe es sonst niemanden.

Und vielleicht hatte ich es schon kommen gespürt. Noch bevor er aus Israel zurückgekehrt war, hatte sich etwas verschoben, ein Schatten, den ich zu ignorieren versucht hatte. Es war der letzte Akt, der Anfang vom Ende—der Moment, in dem unsere Liebesgeschichte zusammengelegt und beiseite gelegt wurde.

Die Qual—das Kettenrauchen, die Tränen, die salzige Spuren auf meiner Haut hinterließen—hatte nicht an jenem Morgen begonnen. Sie hatte sich wochenlang aufgebaut, leise und stetig, und nur auf den letzten Schlag gewartet.

Und doch hatte er geweint, als er ging. Das war es, was mich verfolgte—die Tränen, die über sein Gesicht liefen und alle Regeln, alle Fassaden durchbrachen. Denn er hatte mich geliebt. Leidenschaftlich. Und ich hatte ihn mit allem geliebt, was ich in mir trug—eine Liebe, die einen verbrennt und für immer ihre Spur hinterlässt.

Ich sah auf die Uhr. Inzwischen war er schon weg—über das Rollfeld, über die Stadt, an mir vorbei. Der Gedanke traf mich ins Mark: Mein Appetit verschwand, Schlaf kam nur in Bruchstücken. Die Tränen kamen ohne Vorwarnung, plötzlich und unaufhaltsam, und hinterließen eine Leere.Der Schmerz lag schwer, drückte tief in meine Brust—ein Schatten, von dem ich wusste, dass ich ihn von nun an tragen würde.

Es war ein einsames Leiden, eines, das man Freunden nicht anvertrauen konnte, nicht wirklich. Natürlich hätten sie zugehört, sanft Anteil genommen, all die richtigen Dinge gesagt—„auch das wird vorübergehen", „du bist so stark", „es wird andere Lieben geben"—aber ich wusste bereits, während ich ihre Worte abnickte, dass dieser spezielle Schmerz nur von mir allein verarbeitet werden konnte. Es war der Preis dafür, jemanden ohne Vorbehalt zu lieben; die Steuer für eine Freude, die einst unendlich schien.

Ich konnte ihn nicht dafür hassen, dass er mich verlassen hatte, denn ich wusste, dass er nie gewollt hatte zu gehen. Außerdem ging er ja freiwillig nicht weg. Er wurde abgezogen. Und ich konnte mich auch nicht hassen, denn es ging nicht darum, nicht genug gewesen zu sein. Es ging um die Unausweichlichkeit, die wir beide von Anfang an akzeptiert hatten. Unsere Liebe hatte ein Ablaufdatum—ein Datum, das wir von Anfang an kannten.

Es blieb nur dieser Schmerz. Und die Erkenntnis, dass es zugleich meine Strafe und mein Privileg war, so leidenschaftlich geliebt zu haben—und so leidenschaftlich geliebt worden zu sein.

Ich konnte kaum glauben, dass ich diese Gefühle jemals wieder erleben würde—diese Liebe, diese Art, wie er mich ansah. Der Gedanke, so etwas noch einmal zu erleben, war unvorstellbar. Wie geht man weiter, wenn die Gegenwart geht und alles mitnimmt, was zählt?

Er hatte mich nicht zerbrechen wollen—ich weiß das. Aber der Schaden war angerichtet. Er war in ein Flugzeug gestiegen, drei Wochen früher als geplant. Und ich war ihm nicht einmal böse, nur der gesichtslosen Maschinerie gegenüber, die die Entscheidung für uns getroffen hatte. Drei Wochen. Entrissen. Nicht aus Notwendigkeit, nicht wegen Krieg oder Krise, sondern weil jemand zu Hause eine Zeile im Dienstplan verschoben hatte.

Das war es, was mich zerriss. Die Banalität davon. Die absolute Gleichgültigkeit gegenüber dem, was wir geteilt hatten.

In den folgenden Tagen kämpfte ich ständig mit dem Essen. Ich knabberte an meinen Mahlzeiten, nur um den Teller schließlich halbvoll von mir wegzuschieben. Die Nächte waren unruhig; ich wälzte mich hin und her, starrte an die Decke und wünschte mir Schlaf herbei, fürchtete aber zugleich die Träume, die folgen könnten. Oft liefen mir unvermittelt Tränen übers Gesicht, ohne dass ich wusste, warum, während andere Momente, die mein Herz hätten brechen sollen, mich nur taub und leer zurückließen.

Der Ring blieb an meinem Finger—ein kleines, aber schweres Erinnerungsstück an das, was gewesen war. Ich wusste nicht, ob ich ihn behalten oder ablegen sollte. Die Stille war erstickend; sie lag wie ein Nebel über allem, dem ich nicht entkommen konnte. Ich fühlte mich innerlich brüchig, und doch klammerte sich ein Teil von mir an den Gedanken, stark sein zu müssen. Der Schmerz blieb eine Konstante, eine Last, von der ich fürchtete, sie für immer mit mir zu tragen. Meine stillen Tränen zogen Bahnen über meine Wangen und hinterließen einen Schmerz, der tief in mir widerhallte. Ich war hin- und hergerissen zwischen dem Zulassen der Trauer und dem verzweifelten Versuch, einen Hauch von Frieden zu finden.

Ich sehnte mich danach, wie ein eingesperrtes Tier durch meine Wohnung zu streifen, doch da saß ich, ans blaue Sofa gefesselt, das ein Leben voller Erinnerungen trug. Meine Augen starrten leer an die Wand, während der Aschenbecher sich weiter füllte. Jeder Versuch, mich zu bewegen, zu sprechen oder einfach nur zu sein, stieß auf einen Aufruhr in mir; mein Körper zitterte, mir war übel und ich fühlte mich leer. Ich sehnte mich nach Bewegung, doch von meinen eigenen Widersprüchen gelähmt, konnte ich mich nicht rühren.

Das Einzige, was mir damals Trost spendete, war, dass ich endlich gezwungen wurde, meine unbenannte Depression, die schwere Last, die ich jahrelang mit mir getragen hatte, ohne zu wissen, was es war, anzuerkennen. Marcs Abschied hatte den Schleier weggerissen und die Dunkelheit freigelegt. Die Entscheidung kam mitten in einer schlaflosen Nacht, klar und unvermeidlich: Ich brauchte Hilfe. Kein Spaziergang, kein Glas Wein, kein weiterer Anruf bei jemandem, der es gut meinte, aber es nicht wirklich verstand. Ich brauchte einen Ort, an dem ich mich nicht mehr verstellen musste. Und obwohl ich nicht allein auf der Welt war, lag es doch an mir, mich selbst herauszuziehen.

Nach einigen weiteren Tagen, in denen ich mit der Schwere rang, sammelte ich den Mut, mich zu melden. Ich wählte den Arzt zu Hause—eine vertraute Stimme, die mich schon durch frühere Krisen begleitet hatte und die Anzeichen nur zu gut kannte. Die Worte blieben mir im Hals stecken, doch ich brachte hervor: „Ich brauche Hilfe."

Er zögerte nicht. Seine Stimme blieb ruhig, gefasst; er organisierte ohne jede Verzögerung ein Krankenhausbett. In meinem Land muss man nicht suizidal sein, um eingewiesen zu werden. Man muss nur sichtbar am Zerbrechen sein—und mutig genug, es auszusprechen. Laut. Bei mir daheim nennt man den Schmerz beim Namen. In Kuwait erträgt man ihn.

Und doch schaffte ich es immer noch allein. Das war schon immer meine Stärke: Selbst in meinen dunkelsten Momenten, eingehüllt in eine Decke tiefen Kummers, fand ich einen Weg, mich selbst zu retten.

Das Auseinanderfallen war beabsichtigt. Ich zerbrach nicht aus Versehen—ich entschied mich, loszulassen. Ich entschied mich für etwas anderes. Einen Ort mit grellem Licht und schmalen Betten. Einen Ort, an dem ich nichts mehr vortäuschen musste. Einen Ort, an dem Verletzlichkeit keine Schwäche war, sondern der einzige Weg nach vorn. Und daran klammerte ich mich: Selbst als mich alles andere verlassen hatte, hatte ich mich nicht im Stich gelassen.

Meine Kollegen hörten mir mit Mitgefühl zu, als ich ihnen meinen dringenden Wunsch erklärte, das Land verlassen zu müssen. In ihren Gesichtern lag eine Mischung aus Besorgnis und unausgesprochenen Fragen. Sie tätschelten mir sanft den

Rücken—eine Geste der Beruhigung, hinter der ein stiller Respekt für meine Privatsphäre stand. Und doch hörte ich unter dieser Oberflächenfreundlichkeit das unausgesprochene Urteil: Sie hätte sich nicht auf einen verheirateten Mann einlassen dürfen.

Wann hat das Herz sich je der Vernunft gefügt?

Eine Woche nach Marcs Abreise buchte ich meinen Flug. Ich packte langsam, jede Falte mit Bedacht, als könnte diese Ordnung etwas in mir beruhigen. Als ich den Koffer schloss, legte ich eine Hand auf die strukturierte Oberfläche und die andere auf meine Brust. „Ich zerbreche nicht", flüsterte ich. „Ich zerbreche nicht." Meine Stimme zitterte. Ich war mir nicht sicher, ob ich selbst daran glaubte.

Die Kälte am Flughafen war scharf und fremd, weniger Erleichterung als ein Hinweis auf das, was nicht mehr da war. Meine Beine waren bleischwer, jeder Schritt ein Kraftakt. Ich war zu schwach für die endlosen Gänge. Ein Flughafenmitarbeiter kam auf mich zu, die Uniform makellos, ein höfliches, zurückhaltendes Lächeln auf den Lippen, und bot seine Hilfe an. Ich nickte dankbar, und er half mir bis zum Gate, mit der ruhigen Selbstverständlichkeit eines Menschen, der weiß, wie man trägt, ohne zu fragen. Ich lehnte mich im Flughafen-Cart zurück, zu erschöpft, um dem Sog der Müdigkeit noch zu entkommen. In mir war kein Kampf mehr, nur noch der Entschluss, weiterzugehen.

Als das Flugzeug abhob und an Höhe gewann, ließ ich den Übergang zu: den Wechsel von einer Welt, die ich geliebt hatte, zu einer, die ich loslassen musste. Ich nahm die hellen

Momente mit—das Lachen, wie Marc mich einzigartig und gesehen fühlen ließ. Ich erinnerte mich an die gemeinsamen Mahlzeiten, die sonnengetränkten Inselnachmittage, die trägen Morgen, eingehüllt in Musik und Licht, umgeben von einer Nähe, die einst unzerbrechlich schien. Ich hielt am Glück, am Trost, an der Liebe fest, die ewig zu sein schien. Und indem ich das tat, ließ ich den Schmerz, die Erschöpfung, die schwelende Wut los, die ich einst gegen ihn, gegen mich, gegen die Vermessenheit gerichtet hatte, jemanden zu lieben, den ich nie behalten durfte.

Unter mir glitzerten die Kuwait-Türme im Nachmittagslicht, hoch und unerschüttert, wie an all unseren Tagen dort. Ihre blauen Kugeln fingen die Sonne noch ein letztes Mal, ehe sie in der Ferne verblassten. Die Turbinen rauschten gleichmäßig, während der Glanz der Stadt dahinsank und sich in der weiten, ungebrochenen Wüste verlor. Die Welt unter mir wurde zu einer Leinwand des Wandels.

Ich wusste, dass ich zurückkehren würde. Doch für diesen Moment erlaubte ich mir einen einzigen, ruhigen Atemzug, in dem Schmerz und die ersten Umrisse von etwas Neuem nebeneinander existierten.

KAPITEL 13

Requiem und Rückkehr

Heute wäre unser fünfmonatiges Jubiläum gewesen. Jubiläum. Ein Wort, das nach Jahren klingt. Aber wir hatten nie ein Jahr, kaum Monate. Nur ein paar kostbare Wochen, eigentlich eher Tage. Kaum eine Handvoll Monatszehnte, still vermerkt, still bewahrt. Und doch haben wir jede einzelne davon in vollen Zügen ausgekostet.

Ich versuche, alles zu verdrängen, doch die Rückblenden kommen ohne Vorwarnung.

Fünf Monate sind vergangen, seit wir uns zum ersten Mal ineinander verloren haben. Schon jetzt fühlt es sich an, als läge es eine Lebenszeit zurück.

Das Aufblitzen seines Feuerzeugs im Dunkeln.

Der Duft seines Rasierwassers, der noch auf meinem Kissen nachhallt.

Die Art, wie seine Fingerspitzen langsame Kreise auf meinem Arm zogen—als wäre Berührung allein genug.

Der Klang seiner Stimme, wenn er mich in der Stille zwischen Schlaf und Erwachen „Liebling" nannte.

Das Klacken der Backgammon-Steine spät in der Nacht, sein Fuß, der unter dem Tisch leicht meinen streifte.

Der Schimmer des Goldes von dem Ring, den er mir über den Finger schob—nicht in einer Zeremonie, sondern in etwas, das sich tiefer anfühlte.

Die Rückblenden schmerzen noch immer, ein Requiem auf eine Liebe, die nicht zurückkehren wird.

Und doch halte ich mich—dank der Medikamente—über Wasser. Für den Moment. Wie es sein wird, wenn ich nach Kuwait zurückkehre—in meine Wohnung, die jede Erinnerung an uns in sich trägt—weiß ich nicht.

Ich fürchte mich davor, es herauszufinden.

Im Moment bin ich noch immer an dieses Krankenzimmer gebunden, an den langsamen, zermürbenden Prozess der Heilung und an die stille Abrechnung damit, mich mir selbst stellen zu müssen. Im Grunde bin ich allein. Meine Mutter ist zwar da, doch auf Distanz—teils ihre, teils meine. Auch meinen wenigen Freunden zuhause hatte ich nichts erzählt; und selbst diese hielt ich auf Armeslänge—eine unerkannt bleibende Folge einer Kindheit, in der wir ständig weitergezogen sind.

Der antiseptische Geruch haftet in der Luft, während ich auf den glatten, weißen Laken liege, mein Geist ein stürmisches Meer aus erstickender Angst. Wellen tiefer Traurigkeit überrollen mich, ein hohles Ziehen pulsiert in meiner Brust, während ich die weiße, sterile Decke über mir anstarre. Meine Gedanken kreisen endlos und fragen, ob ich jemals wirklich über die Erinnerungen an ihn hinwegkommen werde.

Doch unter dem Herzschmerz liegt etwas Älteres: die lebenslange Qual des Verlusts, die ich nie zu benennen wagte. Das ungelöste, wiederkehrende Trauma, immer wieder über Grenzen und Zeitzonen hinweg versetzt worden zu sein und gelernt zu haben, mich nicht zu sehr festzuhalten—bis zu ihm.

Unter der Trauer liegt eine verhaltene Wut—nicht gegen ihn, niemals gegen ihn, sondern gegen die Umstände: gegen die Jahre des ständigen Entwurzelns, die ich nicht selbst gewählt hatte; gegen die Art, wie Unbeständigkeit in meine Kindheit eingewebt war; und gegen die Hilflosigkeit, die ich empfand, als sie schließlich auch vor der Liebe nicht Halt machte.

Der erste Anker

Marc war der erste Mann, den ich jemals wirklich geliebt habe.

Nicht bewundert. Nicht begehrt. Nicht einfach nur liebgewonnen.

Geliebt—in der vollen, atemberaubenden, furchteinflößenden Bedeutung des Wortes.

Bis dahin hatte ich im ständigen Ortswechsel gelebt. Länder änderten sich, Freunde verblassten, Abschiede waren die einzige Konstante.

Ich lernte, einfach weiterzugehen—in mich gekehrt, gefasst, losgelöst.

Ich erwartete nicht mehr. Ich bat nicht um mehr.

Aber er gab es trotzdem.

Er sah mich. Begehrte mich. Hielt mich.

Und zum ersten Mal in meinem Leben spürte ich, was es bedeutet, auserwählt zu werden — nicht aus Bequemlichkeit oder weil es zeitlich passte, sondern mit Klarheit.

Mit Gewissheit.

Er wurde mein erster Anker. Nicht, weil ich einen gebraucht hätte —sondern weil ich nie gekannt hatte, wie es sich anfühlt, zur Ruhe zu kommen.

Und als er mir genommen wurde—nicht aus Grausamkeit, sondern durch die Härte der Pflicht—fiel ich auseinander.

Es war nicht bloß das Ende einer Liebesgeschichte.

Es war das Ende einer Anziehungskraft, der ich gerade erst begonnen hatte zu vertrauen.

Unruhig im Flur vor meinem Zimmer auf- und abgehend frage ich mich, ob das zwischen uns irgendwo anders passiert wäre. Wenn wir nicht in Kuwait gewesen wären.

In einem anderen Leben

Manchmal frage ich mich, ob es überhaupt passiert wäre—wenn wir uns zu Hause getroffen hätten, umgeben von Leuten, die uns kannten. Es hätte Erwartungen gegeben. Grenzen. Menschen, die genau hingesehen hätten.

Doch Kuwait war anders. Die Hitze machte vieles sanfter. Die Stille verschob die moralischen Linien. Wir waren weit weg von zu Hause, weit entfernt von Konsequenzen. Und weil seine Frau so fern war— nicht nur geografisch, sondern in ihrer Anwesenheit—verschwamm die Grenze zwischen dem Erlaubten und dem Ersehnten leichter, als wir beide erwartet hatten.

An einem anderen Ort, in einem anderen Leben hätten wir diese Grenze vielleicht nicht überschritten. Vielleicht wären wir uns nie nahe gekommen. Vielleicht wären wir höfliche Kollegen geblieben, mit flüchtiger Spannung und gelegentlichen Lächeln.

Aber Kuwait schuf Raum für das Unmögliche.

Nicht unausweichlich. Nur möglich.

Inzwischen tue ich das, wofür ich die Kraft habe. An manchen Morgen schaffe ich kaum mehr, als die schwere Bettdecke zurückzuschlagen, die Beine über die Bettkante zu schwingen und den kühlen Boden unter meinen Füßen zu spüren. An besseren Tagen wage ich einen Spaziergang, lasse die klare Luft meine Lungen füllen und das sanfte Rascheln herabgefallener Blätter meine Schritte begleiten. Ich esse jeden Tag ein wenig mehr. Nichts Großartiges. Eine Scheibe Toast. Ein Löffel Suppe. Aber es ist etwas. Mein Körper lernt wieder, sich sicher zu fühlen.

Manchmal führe ich ein offenes Gespräch oder rauche eine Zigarette mit einer Mitpatientin oder einer Pflegekraft und finde Trost in gemeinsamen Worten und im gegenseitigen Verständnis. In seltenen Augenblicken entkommt mir ein echtes Lachen—plötzlich, leicht und unerwartet befreiend.

Ich erinnere mich behutsam daran, mich auf den Moment einzulassen, und atme tief durch, während ich im gemütlichen Sessel direkt vor meinem Zimmer eingekuschelt sitze und eine warme Tasse Kamillentee in den Händen halte. Ich nehme das langsame, beständige Tempo meines Fortschritts an und beobachte, wie jeder Tag einen weiteren kleinen Stein auf den Weg legt, der langsam wieder meiner wird.

Ich sage mir, nachsichtig und geduldig zu sein, während ich die Tagebucheinträge durchblättere, die meine Reise zu und von Marc nachzeichnen. Auf der Seite sehe ich den Schmerz und das Aufbrechen, aber auch die ersten zerbrechlichen Schritte davon weg. Heilung folgt ihrem eigenen Rhythmus—nicht schnell, nicht dramatisch, sondern beständig. Jeder Tag schiebt mich ein wenig weiter weg von dem, wo ich war.

Ich bin dankbar, dass mich niemand drängt, während ich meine Tage in einem sanften Rhythmus verbringe. Jeder Tag ist durch Therapiesitzungen in einem gemütlichen, warm beleuchteten Raum gegliedert, in dem ich auf einem gepolsterten Stuhl sitze und einer Therapeutin meine verstrickten Gedanken anvertraue—sie hört aufmerksam zu, mit gütigen, geduldigen Augen. Außerhalb dieser strukturierten Stunden breitet sich der Tag wie eine leere Leinwand vor mir aus, die ich nach eigenem Ermessen füllen kann.

In einer solchen Einrichtung wird mir etwas Seltenes zuteil: die Freiheit, zu kommen und zu gehen, wie es mir beliebt —ein kostbares Geschenk, das nicht allen hier vergönnt ist. Mein Arzt, der ein feines Gespür besitzt, weiß, dass die Wärme der Sonne auf meiner Haut und der Blick in den weiten, offenen Himmel über mir wesentliche Bestandteile meines Heilungsprozesses sind.

Es braucht fast eine Woche Therapie, bevor ich bereit bin, wieder hinaus in die Welt zu treten. Ich schlendere die Kopfsteinpflasterstraßen entlang, vorbei an kleinen Buchläden mit ihren bunten Schaufenstern und einladenden Bäckereien, aus denen der Duft frisch gebackener Backwaren strömt. Die spätsommerliche Sonne fällt golden auf mein Gesicht und meine Schultern. Ich atme tief ein und nehme den vermischten Duft von geschäftigem Verkehr, einem Hauch von Parfum und dem verführerischen Geruch frisch gebackenen Brots auf. Und für ein paar flüchtige Augenblicke, während ich mitten im lebendigen Treiben stehe, kann ich beinahe glauben, wieder lebendig zu sein.

An einem Nachmittag treffen Marc und ich uns vor dem Krankenhaus—an einer ruhigen Ecke nahe dem Haupteingang, wo der Verkehr unablässig vorbeiströmt und niemand Notiz davon nimmt. Er ist derjenige, der anruft, seine Stimme warm, aber sanfter, als ich erwartet habe, und sagt, er wolle nach mir sehen. Einfach, um zu sehen, wie es mir geht.

Zu Hause wohnen wir beide in der Hauptstadt. Ich habe meine Wohnung dort immer noch, doch das Krankenhaus ist eine Welt für sich—fern von allem Gewohnten. Und er hat sich einen schmalen Teil seines Abends freigeräumt, um mich hier zu besuchen. Für einen Moment, in diesem kleinen Zeitfenster, verengt sich die Welt wieder auf uns beide.

Wir gehen zu einer hohen Eiche und bleiben unter ihrer breiten Krone stehen.

Er erzählt mir von der internen Umstrukturierung, die ihn zurückgebracht hat, von einer Entscheidung, die nicht bei ihm lag, die seine Versetzung verkürzte und alles, was wir hatten, beendete. Ich höre zu und nehme seine Worte schweigend in mich auf. Dann bin ich an der Reihe, ihm von der Therapie zu erzählen—nicht die harten Teile, nur so viel, um zu sagen, dass ich es versuche. Dass jetzt vieles beständiger ist. Meistens.

Wenn er lächelt, sehe ich es—denselben Schimmer, jenen Lichtblitz, der einst alles andere verblassen ließ.

„Du siehst besser aus", sagt er, die Hände in die Jackentaschen gesteckt.

„An den meisten Tagen tue ich nur so."

Er widerspricht nicht. Er schaut mich nur einen Moment an, so wie er es immer tat. Aber dieses Mal verliere ich mich nicht. Ich fühle den alten Sog nicht. Nur eine zarte Verschiebung in mir. Ein leiser Seufzer, von dem ich nicht wusste, dass ich ihn zurückgehalten hatte.

Es ist nicht so, dass ich aufgehört hätte, ihn zu lieben. Ich liebe ihn noch immer. Vielleicht werde ich ihn immer lieben. Aber jetzt weiß ich, dass es Zeit ist, etwas loszulassen, das ich nie besessen habe.

Und es geht nicht nur um Marc. Es sind die Jahre vor ihm. Die unausgesprochene Trauer. Das Gefühl, dass das Leben weiterlief, während ich stillstand. Ihn zu verlieren war nicht die ganze Geschichte. Es war schlicht der letzte Bruch in etwas, das längst begonnen hatte, Risse zu zeigen.

Dieser Herzschmerz hat alles an die Oberfläche gebracht, wie ein Topf, der zu lange auf dem Herd stand. Jetzt ist es unmöglich, die Augen davor zu verschließen—weder vor meiner Familie mit ihren gut gemeinten Ratschlägen, noch vor jenen, die sich mit behutsamer Besorgnis melden, und ganz sicher nicht vor mir selbst, wenn ich nachts wachliege und an die Decke starre.

Obwohl ich zutiefst dankbar bin für die unerschütterliche Unterstützung meiner Kollegen an der Botschaft, die stetigen Nachfragen meiner Familie und die wenigen Freunde, die mir über die Jahre geblieben sind und mir in all dem zur Lebensader geworden sind, beginnt ein Teil von mir, sich darauf zu freuen, nach Kuwait zurückzukehren—dem Ort, den ich derzeit mein Zuhause nenne, mit seinen geschäftigen Straßen und dem sanften Licht der Dämmerung.

So sehr ich mich auch davor fürchte, von den Erinnerungen verschlungen zu werden, die Marc und ich geschaffen haben, sehne ich mich nach der tröstlichen Vertrautheit meines eigenen Zuhauses. Der kräftige Duft meines Lieblingskaffees aus Kolumbien, der jeden Morgen den Raum erfüllt, das vertraute Einsinken in mein blaues, abgewetztes Sofa, dessen Stoff sich sanft auf meiner Haut anfühlt, während das gedämpfte Rauschen der Stadt durch die Fenster dringt, geben mir Halt. Die Vorhersehbarkeit meines Lebens, mit seinen kleinen, tröstlichen Ritualen, wartet dort geduldig auf mich und bietet Trost mitten im Chaos meiner Gedanken.

Ich flüstere mir zu, dass ich eines Tages ohne Bitterkeit an all das denken und mich an Marc erinnern werde, ohne dass es schmerzt.

Ich sage mir, dass ich wieder lieben werde—nicht zaghaft und von Angst gebremst, sondern mit derselben stillen Intensität und tiefen Hingabe, die ich einst für ihn empfand. Alles andere würde sich nicht wahr anfühlen für das, was ich heute unter Liebe verstehe.

Doch das Leben findet immer einen Weg, diese Entschlossenheit zu prüfen.

Er rief gestern wieder an, seine Stimme vertraut und doch fern, als er beiläufig fragte, wie es mir ginge. Es war eine aufmerksame Geste, eine, die einst mein Herz in Aufruhr versetzt hätte. Diesmal jedoch fühlte ich kaum mehr als eine ruhige Stille—kein Schmerz, kein Funke, nur resignierte Akzeptanz. Vielleicht habe ich bereits begonnen, loszulassen. Ohne dass ich es ahnte, sollte es das letzte Mal sein, dass wir in dieser Version unseres Lebens miteinander sprachen.

Dennoch bleibe ich im Überlebensmodus, ständig angespannt, als würde ich mich auf eine unsichtbare Gefahr vorbereiten. Meine Therapeutin und ich sitzen uns in ihrem warm beleuchteten Büro gegenüber, umgeben von Pflanzen und einem Hauch von Lavendel. Wir sind uns einig, dass der einzige Weg, von Marcs abruptem Weggang und dem zerschmetternden Ende unserer sonnenverwöhnten Sommerträume zu heilen, darin besteht, ihn sterben zu lassen—nicht körperlich, natürlich, sondern in Erinnerung, in seiner Gegenwart, in unserer Routine.

„Ich muss um ihn trauern", sage ich, meine Stimme kaum hörbar. „Aber es gibt keine Beerdigung. Kein Grab. Nur... Abwesenheit."

Sie spricht nicht sofort. Sie schenkt mir Halt durch ihre Stille.

„Was Sie hatten, sollte nie von Dauer sein", sagt sie sanft. „Aber manche Dinge brauchen keine Beständigkeit, um Spuren zu hinterlassen. Wir trauern trotzdem um sie."

Ich senke den Blick auf meine Hände, dann sehe ich wieder zu ihr. Nicht weil dieser Blick etwas repariert, sondern weil es das erste Mal ist, dass mir jemand erlaubt, um etwas zu trauern, das sonst niemand sehen kann. Einschließlich des Teils, den ich noch nicht laut ausspreche—dass diese Trauer eines Tages bedeuten wird, den Ring abzulegen.

Nicht hier. Noch nicht. Aber bald. Denn wie nimmt man Abschied von etwas, das sich einst wie alles anfühlte? Vielleicht beginnt dieser Abschied damit, langsam loszulassen: unsere gemeinsamen Momente, jene, die Räume mit Gelächter füllten, das an den Wänden widerhallte; die zärtliche Nähe, wenn wir Seite an Seite durch den goldenen, funkelnden Souk schlenderten; unsere Finger, die sich nie berührten und doch stets die Anwesenheit des anderen spürten. Es ist Zeit, das „Wir" zu begraben—jenes „Wir", das mein Leben einst entflammte, das mein Herz mit einer solchen Freude schneller schlagen ließ, dass es sich anfühlte, als würde ich fliegen.

Einen Mann zu betrauern, der noch unter uns weilt, ist eine ungewöhnliche, stille Form der Trauer. Der Schmerz ist echt, aber unsichtbar. Es gibt keine Ankündigungen, keine Zeremonien, keine Worte für einen solchen Verlust. In Kuwait wurden wir gesehen. Doch hier sitze ich allein in einem Zimmer und halte eine Liebe in mir, die nicht anerkannt werden kann—nicht vor meiner Mutter, nicht vor meinen Freunden, niemandem—eine Stille, durchzogen von Scham. Ich trage einen Abschied in mir, der real war, aber niemals der Abschied, den wir uns erhofft hatten.

Vielleicht ist genau das der Grund, warum dieser Abschied schwerer ist. Ich traue nicht nur um den Mann. Ich traue um die Intimität, die kleinen Rituale, die Version von mir selbst, die nur mit ihm existierte. Ist das eine Fantasie? Vielleicht. Es hätte nie gut enden können. Aber das macht es nicht weniger wahr. Ich habe keine Zukunft verloren. Ich habe einen Moment verloren—brennend, nicht wiederholbar, unersetzlich. Und dadurch hat sich etwas in mir geöffnet, das sich nie wieder ganz schließen wird.

Und ein Teil dieser Entscheidung—der schwerste Teil—ist, mich damit abzufinden, dass ich ihn nicht mehr sehen werde. Keine SMS mehr, die sich mit einem Ton melden. Keine nächtlichen Anrufe mehr, die die Distanz zwischen uns überbrücken. Keine geflüsterten „Ich habe dich lieb" im Dunkeln. Keine Backgammon-Partien mehr, keine leisen Blicke mehr zwischen uns in Räumen, die uns nie als Paar wahrnehmen durften. Keine Spur seiner Anwesenheit mehr in meinem Alltag.

Das ist der Preis des Liebens mit wilder Hingabe—und des Geliebtwerdens mit einer Intensität, die keinen Raum für einen Mittelweg lässt. Loslassen ist nicht nur schmerzhaft. Es ist qualvoll. Und in dieser Stille sage ich mir, dass dieser Abschied endgültig sein muss.

Und so ist es.

Bis ich eines Tages—fünfundzwanzig Jahre später—erkenne, dass unsere Geschichte doch nicht zu Ende sein muss.

KAPITEL 14

Der Ring ist weg

Drei Wochen nach meiner Aufnahme werde ich entlassen. Kein Tamtam, nur die nüchterne Feststellung, dass man mich für bereit hält. Noch nicht vollständig geheilt, aber bereit, weiterzugehen.

Der Koffer liegt offen auf dem Bett meiner Wohnung, jedes Kleidungsstück sorgfältig gefaltet, als würde ich Schicht um Schicht zu mir zurückfinden. Ich kehre nach Kuwait zurück, in das Leben, das ich auf Pause gestellt hatte. Eine frisch gebügelte weiße Bluse ruht unter meinen Handflächen. Ich streiche sie glatt und greife dann nach einer Tube Wimperntusche, die ich seit Wochen nicht mehr angerührt habe.

Die kleinen, gezielten Bewegungen sind fremd und doch auf seltsame Weise belebend. Im Krankenhaus, mit seinen sterilen Wänden und dem Mangel an Spiegeln, war alles Äußere unwichtig geworden; Überleben war alles, was zählte. Aber hier, vor dem Spiegel in meinem Schlafzimmer, bin ich bereit, mich wieder zu sehen—oder vielleicht jemanden Neuen kennenzulernen, eine Frau, die zum ersten Mal ihren Platz in der Welt für sich beansprucht.

Der Spiegel weckt eine vage Erinnerung an eine andere Nacht, an einen anderen Spiegel—Marcs Spiegelbild neben meinem, während ich einen Ohrring zurechtrückte, seine Anwesenheit warm und beständig, eine still getragene Sicherheit, von der ich nicht wusste, dass ich sie so sehr vermissen würde. Damals lehnte ich mich an seinen Blick. Jetzt gehört das Spiegelbild nur mir. Der Ring glänzt noch an meinem Finger, eine Spur von ihm, die ich noch nicht loslassen kann, aber die Frau, die zurückblickt, wird nicht mehr durch sein Fehlen definiert. Sie lernt, beides zu tragen—die Erinnerung an ihn und ihr eigenes Werden.

Meine Haare fallen in losen Wellen, als ich die Klammer löse; blondes Haar gleitet über meinen Rücken. Fremd und doch befreiend, bestätigt es—ohne Worte—meine Bereitschaft, wieder gesehen zu werden. Die Lederstiefel, die ich auswähle, sind gut eingelaufen; ihre zerkratzten Sohlen und die widerstandsfähigen Nähte verkünden: Ich stehe noch immer. Mit einer entschlossenen Bewegung schließe ich den Koffer, verstaue darin nicht nur meine Kleidung, sondern auch meine nachklingende Zuneigung zu Marc. Nicht verschwunden, sondern ordentlich verstaut, ruht sie in einer eigenen, abgelegenen Ecke.

Am Flughafen kontrolliert ein Passbeamter meinen Reisepass und mein Visum, ohne mich eines Blickes zu würdigen. Dieses Mal brauche ich keine Hilfe mehr, die mich durch die Gänge führt; ich gehe aus eigener Kraft.Mit ruhiger Haltung gehe ich zum Abflugsteig, ein Hauch von Nostalgie mildert meine Züge.

Später im Flugzeug reicht mir eine Flugbegleiterin einen kleinen Plastikbecher Wasser. Ich bedanke mich mit einem kaum merklichen Nicken. Ein Paar in der Nähe streitet leise um die Sitzplätze. Ringsum rascheln Zeitungen, Sitze werden verstellt, Stimmen in verschiedenen Sprachen füllen die Kabine. Niemand von ihnen ahnt, welche Bedeutung diese Reise für mich hat. Für sie bin ich nur eine weitere Passagierin, die trotz allem an Bord gegangen ist.

Ich weiß nicht, was die Zukunft bringt, aber zum ersten Mal seit Langem flackert leise Hoffnung in mir. Eines ist klar: Ich bleibe aufrecht. Ich habe mit ganzem Herzen geliebt und jeden Moment ausgekostet, ohne Versprechen zu brauchen. Ich habe Verluste ertragen und bin an ihnen nicht zerbrochen. Mitten im Chaos habe ich einen Teil von mir gefunden, auf den ich mich verlassen kann. Der Weg wird lang sein, aber ich bin bis hierher gekommen—und bereit, neu anzufangen.

Als das Flugzeug von der Startbahn abhebt, lehne ich mich zurück und beobachte, wie die Stadt unter mir kleiner wird. Ich bin auf dem Weg zurück nach Kuwait—an den Ort, an dem alles begann und an dem ich mich nun entscheide, neu anzufangen... und schließlich wieder zu mir zurückzukehren.

Stunden später, im Sinkflug, entfaltet sich unter uns die Wüste: eine sonnenverbrannte Weite in unendlichem Beige, karg, unnachgiebig und doch seltsam vertraut. Als ich das Vorfeld betrete, schlägt mir die späte Sommerhitze entgegen —schwer von Wärme und Feuchtigkeit, der man nicht entkommt und die trotzdem willkommen ist. Sofort reagiert mein Haar auf die Feuchtigkeit, ringelt sich zu Locken, doch ich bleibe ungerührt. Ich atme tief ein; der scharfe Geruch von Kerosin mischt sich mit dem feinen Staub der Luft.

In der Ankunftshalle empfängt mich das lebhafte Durcheinander aus Arabisch, Hindi, Urdu—ein Klangteppich voller Energie, eine ganze Welt entfernt von den gedämpften Tönen zu Hause. Und ich atme aus, nicht aus Nostalgie, sondern aus Erleichterung.

Einige Tage vergehen, bevor ich zur Arbeit zurückkehre— Tage, in denen ich die Ruhe in vollen Zügen genieße. Da die Schulen in Kuwait wieder begonnen haben und die Reisesaison vorbei ist, ist meine Fallzahl glücklicherweise gering, und meine Kollegen gehen behutsam mit mir um; sie verschonen mich mit aufdringlichen Fragen. Eine Kollegin setzt zu einer besorgten Frage an, bricht jedoch abrupt ab, als würde sie spüren, dass schon die Frage mich aus dem Gleichgewicht bringen könnte. Ich schenke ihr ein kleines Zeichen des Dankes, und wir belassen es dabei. Sie wissen, dass ich eine persönliche Krise durchgemacht habe, und sie respektieren meine Privatsphäre.

Vertraute Routinen kehren nur langsam zurück: bereits saubere Laken werden noch einmal gewaschen, der Kühlschrank füllt sich mit Oliven, Aprikosen und jenem süßen Saft, über den Marc stets die Nase rümpfte. Tagsüber muss ich die Fenster weiterhin geschlossen halten; die Außenluft ist zu drückend, und wegen der nach wie vor unerträglichen Hitze lasse ich meine üblichen Spaziergänge ausfallen. Doch wenn die Nacht hereinbricht und die Luft endlich abkühlt, trete ich auf die Terrasse.

Die Stadt unter mir klingt nach Alltag — vorbeirasende Autos, der ferne Ruf der Muezzins von den Moscheen, das stetige Brummen der Klimaanlagen. Ich zünde eine Kerze an, dieselbe Art, die er früher entzündete, wenn wir unter den Sternen Backgammon spielten. Nicht, um seine Gegenwart heraufzubeschwören, nicht, um mich in Fantasien zu verlieren, sondern als schlichte Anerkennung dessen, dass ich hier bin. Noch hier. Ich atme ein. Ich atme aus.

Kurz darauf setze ich die Therapie in einem schlichten, beigefarbenen Büro in der Nähe des Yachthafens fort. Ich spreche bedächtiger als früher und höre mir mehr zu als jemals zuvor. Wir sprechen über Trauer, über Stille, darüber, wie man an Dingen festhält, lange nachdem sie verschwunden sind.

„Möchten Sie ihn weiterhin tragen?", fragt meine Therapeutin sanft und deutet auf meine Hand. Die Schwere des Rings kehrt in mein Bewusstsein zurück—einst so vertraut, war er fast in den Hintergrund gerückt. Er funkelt im warmen Schein der Nachmittagssonne und zieht meine Aufmerksamkeit auf sich.

An diesem Abend starre ich lange darauf und erinnere mich an den Moment, als er ihn mir behutsam auf den Finger schob. Es war nach dem Abendessen, und sein Blick ließ alles richtig erscheinen—nur wir, keine Geheimnisse, keine Angst.

Aber diese Version von uns ist vorbei.

Am Bett stehend atme ich tief ein und streife den Ring ab, nicht aus Traurigkeit oder Verbitterung, sondern mit der klaren Gewissheit: Diese Liebe war ein Teil meines Weges, doch sie passt nicht mehr zu der Frau, die ich werde. Ich verstaue ihn sicher in einer Schublade und lasse den Abend seinen Lauf nehmen.

Der Ring ist weg.

Ich ließ ihn einschmelzen.

Jahre später ließ ich daraus etwas Neues fertigen—ein Schmuckstück ohne erkennbare Vergangenheit.

Der Ring hatte seine Rolle erfüllt und gehörte nicht länger zu meiner Gegenwart.

Ich trage ihn noch immer—nur nicht mehr an meiner Hand.

So entsteht Heilung—nicht, indem man die Vergangenheit auslöscht oder sich neu erfindet, sondern indem man mit dem Schmerz präsent bleibt, bis er allmählich nachlässt. Ich nehme die Erinnerungen an, lasse sie schmerzen und dann zur Ruhe kommen.

Ich weiß, dass Marc immer einen Platz in meinem Herzen haben wird. Er hat mich zu der Frau gemacht, die ich in jenem unvergesslichen Sommer wurde, aber er war nicht der

Mensch, bei dem meine Reise enden sollte. Eines Tages werde ich mein Herz wieder vollständig öffnen—für einen Menschen, der an meiner Seite bleiben darf. Dieser Tag wird kommen, nicht trotz dieser Liebe, sondern weil sie mich darauf vorbereitet hat.

Meine Reise ist noch nicht zu Ende. Ich habe geliebt und wurde geliebt. Jetzt bin ich bereit für meine letzte Liebe.

KAPITEL 15

Der Mann, der bleibt

Vierzehn Monate, nachdem Marc und ich durch Umstände getrennt worden waren, die außerhalb unserer Kontrolle lagen, begegnete ich dem Mann, der später mein Ehemann werden sollte. Ich suchte nicht nach Liebe. Aber ich kann nicht leugnen, dass ich insgeheim darauf gehofft hatte.

Wenn man echte Liebe erlebt hat—jene Art, die einen verändert und innerlich neu ordnet—fällt es schwer, sich nicht wieder nach ihr zu sehnen. Liebe prägt nicht nur das Herz; sie hinterlässt eine Stille, und manchmal wird selbst diese Stille zu Sehnsucht.

Damals war ich noch in einer Beziehung, die zwar weiterlief, aber längst keine Richtung mehr hatte—gehalten von Gewohnheit, nicht von Liebe. Es war nicht ernst. Es war keine Liebe. Es war einfach... noch nicht ganz vorbei.

Und dann kam Nick.

Es war eine laue Nacht Ende November in einer lebhaften Kuwait-Stadt. Die neueste Gruppe von Offizieren aus meiner Heimat war gerade angekommen, weshalb in der Wohnung, die für ihren Aufenthalt gemietet worden war, wie üblich eine Willkommensparty stattfand. Diese Wohnung war nicht dieselbe, in der Marc mit seinen Kameraden gelebt hatte; sie lag praktischerweise über dem Zuhause meiner deutschen Freunde. Diese Nähe führte zu häufigen Zusammenkünften, bei denen der Wein reichlich floss, das Essen nie ausging und das Lachen die warme, feuchtwarme Luft erfüllte. Drinnen war die Klimaanlage ausnahmsweise ausgeschaltet. Nur ein Deckenventilator bewegte die Luft, und gelegentlich wehte ein Hauch aus dem Innenhof herein. Es war eine jener Nächte, in denen die Hitze nicht mehr auf uns lastete, sondern sanft um uns hing—als hätte selbst das Wetter für einen Moment innegehalten.

Die Party war bereits in vollem Gange, als ich ankam: eine große Schüssel Salat, in Frischhaltefolie gewickelt, eine Weinflasche im Arm und keinerlei Erwartungen. Meine Gedanken waren woanders—Arbeit, Erledigungen, Müdigkeit. Ich trat ein, stellte das Essen auf den bereits reich gedeckten Tisch, überspielte meine Erschöpfung mit ein paar schnellen Höflichkeitsfloskeln und sank in das nächstbeste Sofa.

Einen Moment später setzte sich Nick zu mir. Nicht zu nah. Nicht aufdringlich. Einfach nur da—vertraut, mühelos. Als wäre es der natürlichste Platz für ihn.

Jemand reichte mir ein kaltes Bier, nichts Besonderes, einfach vertraut und erfrischend. Ich nahm einen Schluck, drehte mich leicht und sah ihn an. Er hielt bereits ein Glas Weißwein, an dessen Fingerspitzen sich Kondenswasser sammelte.

Er hob es zu mir, ein amüsiertes Flackern in der Stimme. „Auf das Überleben einer weiteren Rotation." Ich hob meines. „Auf kaltes Bier an warmen Orten." Unsere Gläser stießen mit einem leisen Klirren aneinander. Kein Funke. Kein Zischen. Nur… etwas. Geerdet. Gegenwärtig. Echt.

„Du gehörst zu den Beobachtern?", fragte ich. Er nickte. „Bin erst letzte Woche angekommen. Nur ein kurzer Einsatz. Ich studiere Medizin. Das hilft, die Rechnungen zu bezahlen." „Also zuerst Medizin, dann die Armee?", fragte ich herausfordernd. Er zuckte leicht mit den Schultern. „Hängt vom Tag ab. Ich bin bereits als Beobachter ausgebildet, aber ich bin nicht hauptberuflich beim Militär. Noch nicht." „Noch nicht", wiederholte ich amüsiert. „Das klingt nach einem Plan, der noch in Arbeit ist." Er lächelte. „So ungefähr."

Der Austausch war nicht kokett. Er war nicht aufgesetzt. Es waren einfach zwei Menschen, die sich dieselbe Couch teilten und eine Pause genossen, die keiner von uns geplant hatte. Damals schenkte ich dem kaum Beachtung. Aber ich zog mich auch nicht zurück.

Wie ich es schon so oft getan hatte, lud ich ihn zum Abendessen ein. Nichts weiter als Freundlichkeit. Kein Hintergedanke. Nur eine kleine Geste inmitten einer langen Reihe gewöhnlicher Tage.

Er erschien genau pünktlich, wie ich es erwartet hatte. Glattrasiert, das Gesicht leicht von der Sonne gerötet, sein Hemd nur dezent zerknittert, die Hände leer—was vollkommen Sinn ergab. Er musste nichts mitbringen. In meinen Vorratsschränken war immer alles vorhanden, der Wein war gekühlt, das Essen war geplant. Es ging nicht darum, Eindruck zu machen. Es war einfach… mühelos.

Unser Gespräch setzte genau dort wieder an, wo es aufgehört hatte, als wäre keine Zeit vergangen. An ihm lag etwas Entspanntes. Er ließ Raum, ohne ihn füllen zu wollen.

Ich servierte geröstetes Gemüse und etwas vage Mediterranes, vermutlich Hühnchen mit Zitrone—ein Abendessen, das sich je nach Gespräch in die Länge ziehen oder rasch enden konnte. Wir aßen langsam; draußen schwand das Licht, während wir redeten. Die Fenster standen einen Spalt offen, und das leise Geräusch von jemandem, der im Innenhof die Pflanzen goss, drang herein.

Und als er ging, fehlte das vertraute Ziehen—dieses Gefühl von etwas Unvollendetem, die einsame Traurigkeit, die sonst auf kleine Abschiede folgte. Ich schloss die Tür hinter ihm und dachte: Das war gut.

Und ich wollte ihn wiedersehen.

Wir sprachen danach nicht jeden Tag. Noch nicht. Aber das nächste Mal, als er in die Stadt kam, rief er an. Ein richtiger Anruf—Festnetz zu Festnetz. Nur das Klingeln eines Telefons und dann seine Stimme am anderen Ende. Ruhig. Als wäre sie schon immer da gewesen und hätte nur gewartet.

So begann unser Wir. Nicht mit einem großen Moment, sondern mit einem Faden. Leise. Und langsam wurde es zu etwas Eigenem.

Wir sahen uns noch einmal vor den Weihnachtsfeiertagen—Mittagessen bei einer Freundin, ein Gruppentreffen. Nichts Privates. Aber ich freute mich, dass er dort war. Und einmal, während wir uns gegenübersaßen, bemerkte ich seinen Blick auf mir. Nicht auf eine Weise, die mich beunruhigte, sondern so, als wollte er sagen: Ich sehe dich. Ich nehme dich wahr.

Ich löste den Blick, dann sah ich wieder hin. Er tat es nicht. Er hielt seinen Blick und sah mich immer noch an.

Unerwartet schnell stand der Dezember vor der Tür. Ich buchte meinen Flug nach Hause, nicht wegen des Winters, sondern für Weihnachten. Für die üblichen Traditionen: die großen Familienessen, die Gottesdienste bei Kerzenlicht, das Gefühl, von Menschen umgeben zu sein, die mich seit Langem kannten. Meine Familie. Er fragte, wann ich zurück sein würde, und ich sagte es ihm. Keine Hintergedanken. Kein Druck. Ich wollte, dass er es wusste. Wir machten keine Versprechen. Aber da war ein Ziehen in meiner Brust, das ich nicht ignorieren konnte—ein leises Wissen, dass etwas noch nicht zu Ende war.

Ich kehrte nach Kuwait in der Stille zwischen den Feiertagen zurück, kurz bevor das Jahr zu Ende ging. Der Flughafen lag ungewöhnlich ruhig. Die Straßen waren halb leer. Sogar die Stadt wirkte, als hätte sie ausgeatmet.

Ich packte langsam aus und gewöhnte mich wieder an die vertraute Umgebung meiner Wohnung—das Summen des Deckenventilators, der saubere Duft meines eigenen Shampoos im Badezimmer, die blaue Couch, die da wartete wie eine alte Freundin. Nichts hatte sich verändert. Und doch hatte sich alles verändert.

Für Silvester machten wir einen Plan.

Zuerst das Abendessen. Ein Restaurant, das sich bemühte, elegant zu wirken, mit schwerem Besteck, weißen Tischdecken, mildem Kerzenschein. Wir redeten über Kleinigkeiten. Arbeit. Reisen. Essen. Wir tranken diskret, wie wir es immer taten: Bier, als Eistee getarnt, Wein, in Wassergläsern serviert. Die übliche Choreografie des Lebens in einem trockenen Land.

An jenem Abend sah er gut aus. Zurückhaltend. Seine Ärmel waren einmal hochgekrempelt, die Unterarme von der Wüstensonne geküsst. Er bemühte sich nicht. Er war einfach da.

Später kehrten wir in meine Wohnung zurück. Ich zündete Kerzen an—hohe und niedrige—ihre Flammen flackerten in Glaswindlichtern entlang des Bücherregals und der Fensterbank. Der Raum leuchtete in einer zurückhaltenden Erwartung, als würde er darauf warten, dass etwas beginnt.

Ich fragte, ob er Musik mochte. Er zuckte mit den Schultern. „Nur wenn sie echt ist."

Also spielte ich etwas Einfaches. Klassisches. Als das nächste Stück begann, stand er auf und reichte mir die Hand. Keine Inszenierung, kein Grinsen. Nur eine offene Geste.

Ich nahm sie.

Wir tanzten Walzer ins neue Jahrhundert. Nicht eng. Nicht routiniert. Wir beide, barfuß auf dem gefliesten Boden, drehten uns langsam im Kerzenlicht. Bei uns ist es Tradition, das neue Jahr Walzer tanzend zu begrüßen—eine sanfte Art, ein neues Jahr zu beginnen. Aber diesmal fühlte es sich anders an. Wie etwas, das sich öffnete. Wie eine Möglichkeit.

Draußen machte die Stadt ihre eigene Musik—ein paar Feuerwerke, ein paar Hupen, hin und wieder ein Ruf von einem Balkon. Drinnen war es ruhig. Ganz still.

Und dann war es Mitternacht. Er ließ los, nur lange genug, um nach unseren Gläsern zu greifen. Behutsam stießen wir an.

„Frohes neues Jahr", sagte er mit tiefer, sicherer Stimme.

„Frohes neues Jahr", sagte ich.

Wir küssten uns nicht. Das würde später kommen. Aber wir standen dicht beieinander, die Gläser in der Hand, leicht außer Atem. Und für einen langen Augenblick schwiegen wir. Es brauchte keine Worte.

Ich war nicht nervös. Ich suchte nicht nach Worten, um die Stille zu füllen. Ich war im Hier und Jetzt—verankert, wacher als seit Jahren. Und in diesem Moment begann ich, ihn wirklich zu sehen. Er verlangte nichts, was nicht von selbst kam. Und etwas in mir—ein Teil, von dem ich nicht einmal wusste, dass er verkrampft war—löste sich endlich. Ein langes, langsames Ausatmen, auf das ich gewartet hatte, ohne es zu merken.

Die darauffolgenden Tage vergingen langsam, nicht schmerzhaft, sondern in einer gedämpften Ruhe. Kuwait erlebt den Januar nicht so wie wir zu Hause: keine funkelnden Lichter, keine Sonderangebote, kein Stimmungstief nach den Feiertagen. Die Stadt bleibt still, hält den Atem an bis zum Frühling, wenn Farbe und Festlichkeit in die Straßen zurückkehren.

Der Dezember hatte den Ort geleert—Diplomaten, Hilfsarbeiter, Botschaftspersonal. Alle waren fort, zurück zu ihren Familien und in das, was ihnen vertraut war. Ich hatte dasselbe getan. Und jetzt, zurück in dieser stillen Zeit nach den Feiertagen, lag Stille über allem. Leichter. Als hätte die Jahreszeit sich für einen Moment zur Seite gedreht, nur lange genug, damit etwas anderes hörbar wird. Ich begrüßte sie. Das Schweigen schuf Raum für Besinnung. Und, unerwartet, für Nähe.

Nick war zu seinem Posten zurückgekehrt, weit entfernt von Kuwait-Stadt, an einen abgelegenen Ort, den der Wind nie ganz in Ruhe ließ—wo Pflicht den Ton angab und die Tage sich kaum voneinander unterschieden. Doch die Anrufe begannen. Zuerst kurz. Nur ein Lebenszeichen. Ein Kommentar zu Neujahr, ein halb ernst gemeinter Scherz über das Essen auf dem Stützpunkt, eine Frage nach einem Abendessen, das wir beide verpasst hatten.

Dann wurden sie länger. Fünfzehn Minuten wurden zu vierzig. Vierzig zu neunzig. Ich begann, seine Stimme nicht nur am Klang zu erkennen, sondern am Rhythmus—wie er die Tonhöhe leicht senkte, wenn er unsicher war, das halb unterdrückte Lachen, das vielen seiner Geschichten folgte, die Ruhe, mit der er zuhörte.

Die Verbindung war oft schlecht: Hintergrundrauschen, abgebrochene Leitungen, das Echo des Wüstenwinds, das sich durch die Silben schnitt. Dennoch rief er an. Immer. Immer öfter zweimal am Tag.

Und allmählich entstand ein Ritual. Das Telefon wurde unser Ort, ein seltsamer, körperloser Raum, in dem Vertrauen langsam wachsen konnte. Er erzählte mir von seinem Medizinstudium, von langen Nächten, von den Dingen, die ihm aus der Heimat fehlten. Und er erwähnte kurz die Frauen vor mir, ohne Bitterkeit. Da war Geschichte, aber keine Schwere. Kein Bedürfnis, etwas zu beweisen oder zu verbergen. Nur die Wahrheit, schlicht hingelegt.

Ich hörte zu. Und mit der Zeit fand ich meine eigenen Worte.

Ich öffnete mich nicht auf einen Schlag. Das war nie meine Art. Ich reiche die Vergangenheit nicht wie eine Sammlung von Fakten hin, die es durchzusehen gilt. Ich gebe sie schichtweise preis—im Tonfall, in der Pause, in dem, was ich auswähle zu sagen, und in dem, was ich zwischen den Worten nachhallen lasse. Ich begann damit, ihm zu sagen, dass da jemand gewesen war. Dass es etwas bedeutet hatte. Dass es Spuren hinterlassen hatte.

Ich versuchte noch nicht, die Form dieser Beziehung zu benennen. Noch nicht. Ich wollte nicht „Affäre" sagen. Ich wollte nicht „verheiratet" sagen. Nicht, weil diese Worte eine Schwere tragen, die nicht passt. Entkleidet von allem, was sie wirklich ausmachte. Ich hatte schon Affären; ich kannte ihre Brüche, ihre Hohlheit. Was Marc und ich teilten, war damit nicht vergleichbar. Es als Affäre zu bezeichnen, würde es banal klingen lassen, dabei hatte es mich in Wahrheit aufgelöst und neu geformt.

Stattdessen sagte ich ihm, wie es sich angefühlt hatte. Dass es überwältigend gewesen war. Dass es eine Tiefe hatte, die ich nicht erwartet hatte. Dass das Ende wehgetan hatte—bis ins Mark. Dass ich nicht darüber hinweg war, nicht so, wie die Leute erwarten, dass man es nach einem Jahr, nach zwei oder nach zehn ist.

Und dann—an einem stillen Abend—sprach ich seinen Namen aus.

Er unterbrach mich nicht.

Am anderen Ende der Leitung hörte ich einen leisen Hauch, der am Hörer vorbeistrich. Irgendwo in der Ferne knarrte eine Tür und fiel ins Schloss. Ich stellte mir vor, wie er an der Kante eines schlichten Schreibtisches lehnte oder vielleicht auf einer niedrigen Pritsche saß, eine Hand über dem Hörer, die andere auf dem Knie. Still. Er lauschte. Aufmerksam.

Sie dienten in derselben Armee. Keine Freunde. Keine Feinde. Aber nah genug, dass der Name ins Herz traf.

Er stellte keine Fragen. Er zog keine Vergleiche. Er versuchte nicht, meine Geschichte in seine eigene einzufügen. Er blieb einfach still—nicht die schwere Stille, die gefüllt werden muss, sondern eine Stille, die mir Raum gab. Als er schließlich sprach, war es schlicht, fast zärtlich.

„Danke, dass du es mir gesagt hast."

Es waren nicht die Worte, die bei mir blieben, sondern das Schweigen danach. Wie er die Stille einfach stehen ließ, als wüsste er, dass sie mehr tragen kann, als Sprache je vermag.

Es war der Moment, in dem Vertrauen zu wachsen begann—nicht durch Geständnisse oder Versprechen, sondern durch die Sanftheit, mit der ich gehalten wurde, ohne verurteilt zu werden.

Damit veränderte sich etwas, fast unmerklich. Keine großen Gesten, keine Erleichterung, nur ein leises Gefühl, verstanden zu werden. Ich fühlte mich nicht bewertet; ich fühlte mich gesehen. Ich erkannte—vielleicht zum ersten Mal—dass dies eine andere Art von Liebe war, ein anderer Mann. Jemand, der mich ganz und gar, Vergangenheit wie Gegenwart, ohne Zögern tragen konnte.

Nach diesem Gespräch veränderte sich etwas zwischen uns. Nichts Dramatisches—keine Erklärungen, kein spürbarer Umschwung. Nur ein leises Verständnis, das vorher nicht da gewesen war. Ein Gefühl von Leichtigkeit, das nicht erarbeitet werden musste. Eine Art Sicherheit, deren Fehlen mir erst bewusst wurde, als sie auf einmal da war: anfangs zerbrechlich, dann warm, schließlich unbestreitbar.

Er behandelte mich nicht anders. Er zog sich nicht zurück. Wenn überhaupt, wurde er verlässlicher—nicht durch große Gesten, sondern durch jene, die wirklich zählen. Die Anrufe blieben. Die Fragen wurden behutsamer. Wir sprachen weniger wie Menschen, die einander gerade erst abtasten, und mehr wie solche, die sich bereits entschieden hatten zu bleiben.

In den Wochen danach begann etwas. Wir gaben diesem Etwas keinen Namen. Wir redeten einfach—stundenlang, manchmal bis tief in die Nacht. Sein Posten lag weit weg, draußen in der Wüste, und so wurde die Telefonleitung zur Lebensader. Ich saß auf meiner blauen Couch, barfuß, ein Glas Wein in der Hand, das Kabel um die Finger geschlungen, und hörte, wie seine Stimme nach Mitternacht weicher wurde. Manchmal rief er zweimal am Tag an. Einmal sogar dreimal.

Irgendwann fiel es jemandem im UNO-Hauptquartier auf. Sie schickten einen Boten zu seinem Beobachtungsposten, um zu prüfen, ob die Leitung kompromittiert war—als wäre die Schwachstelle technischer, nicht menschlicher Natur. Wir lachten darüber. Doch im Grunde sagte es etwas aus. Wir redeten nicht mehr nur. Wir banden uns aneinander.

Und wenn die Leitung verstummte, kamen E-Mails—es war das Jahr 2000, als dieser neue kleine Raum im Digitalen noch wie ein geheimes Fenster wirkte. Seine Nachrichten kamen wie kleine Liebesbriefe: verspielt, zärtlich, in den Pausen der langen Schichten in der Wüste getippt. Manchmal druckte ich sie aus, nur um die Worte in den Händen zu halten; die Tinte verschmierte leicht unter meinen Fingerspitzen.

Ich begann mich auf das Telefon zu freuen—wie es die Stille meiner Wohnung unterbrach, genau in dem Moment, in dem der Tag zur Ruhe kam. Ich kannte seinen Tagesablauf. Er lernte meinen. Er erzählte mir von seinem Einsatz. Ich erzählte ihm, was ich kochte, was ich las, woran ich mich erinnerte.

Einmal hörte ich, wie der Anruf weitergereicht wurde— eine brüchige, einfache Übergabe zwischen militärischen Außenposten. Seine Stimme verzögerte sich, ein Atemzug statischen Rauschens. Und dann wurde es wieder klar.

„Bist du noch da?", fragte er.

„Ich bin noch hier", sagte ich.

Und seltsamerweise wusste ich es genau in diesem Moment. Keine Gefühlswelle. Keine Tränen. Kein rasendes Herz.

Nur diese zwei Worte—*noch hier*—und was sie zu bedeuten begonnen hatten.

Sie bedeuteten, dass ich nicht mehr wartete. Sie bedeuteten, dass er keine Angst vor meiner Geschichte hatte. Sie bedeuteten, dass er nicht versuchte, sie umzuschreiben. Sie bedeuteten, dass er begonnen hatte, mich zu lieben, und ich—ohne es ganz zu wollen—begonnen hatte, ihn ebenfalls zu lieben.

Nicht trotz allem. Sondern mit allem.

Unsere Liebe entfaltete sich schnell, aber mit Bedacht. Keine drei Wochen nach Silvester verbrachten wir nicht nur Zeit miteinander; wir verknüpften unsere Leben, stimmten unsere Pläne aufeinander ab und sprachen über unsere Zukunft. Schon bald machte er mir einen Antrag—einen echten, mit einem Ring und einer Frage, die er mit ruhiger Gewissheit stellte, nicht aus einem Impuls heraus, sondern weil er sich seiner Gefühle sicher war. Ich nahm an, nicht, weil ich gerettet werden wollte oder weil ich es eilig hatte, sondern weil ich mir über keinen Menschen je so sicher gewesen war. Nichts daran war überstürzt; alles daran war richtig. Wir stolperten nicht in eine Ehe; wir wählten sie—bewusst, vollständig und ohne jeden Zweifel.

Heilung kam nicht plötzlich. Sie kam leise, wie echte Dinge es tun—ruhig, klar, unverkennbar. Sie kam durch einen Mann, der keine Perfektion verlangte, der nie forderte, dass ich das Vergangene auslösche. Er hörte zu. Er blieb.Mit ihm konnte ich ganz ich selbst sein. Bei Nick musste ich nie erklären, warum ich vorsichtig oder zärtlich oder verletzt war. Ich musste mich nicht klein machen oder meinen Schmerz in etwas Leichteres übersetzen. Ich konnte ich sein. Und er blieb trotzdem.

Es gab keinen Schatten in unserer Liebe. Kein Verstecken. Kein Auftreten. Die Wahrheit trug keinen Preis. Sie war der Grundstein.

Und als die Vergangenheit sich meldete—wenn ein vertrautes Lied spielte oder ein alter Geist durch die Erinnerung flackerte—wich ich nicht zurück.

Ich erinnerte mich.

Und ich ließ los.

Denn endlich begriff ich, was Liebe wirklich war. Und sie versteckte sich nicht.

Ich lebte nicht länger in Einsamkeit, unsicher, ob ein Mann bleiben würde. Ich maß meinen Wert nicht mehr daran, wie gut ich die Geheimnisse eines anderen tragen konnte. Ich musste mich nicht verlieren, um geliebt zu werden. Ich wurde gesehen. Ich wurde gewählt. Ich war angekommen.

Wir heirateten in dem Jahr, in das wir getanzt waren. Als ich Kuwait verließ, ging ich keinem leichteren Leben entgegen. Ein anderes Land, eine andere Sprache, ein neuer Kampf, etwas von Grund auf aufzubauen—vieles wurde schwieriger. Aber dieses Mal tat ich es nicht allein. Wir gingen weiter, nicht im Hinterherlaufen des Verlorenen, sondern im bewussten Wählen dessen, was kommen sollte.

Und rückblickend weiß ich heute, was ich damals nur halb ahnte: Marc und ich waren nie ein Versprechen für die Zukunft. Was wir hatten, war zu intensiv, zu zerbrechlich, zu sehr vom Unmöglichen durchzogen. Wir waren für einen Sommer gemacht.

Drei Blauhelme kreuzten meinen Weg. Der erste war zum Vergnügen. Der zweite, Marc, öffnete mich. Und der dritte,

Nick, war der, der bleiben sollte. Und das war der Unterschied—Marc gehörte mir nie. Aber Nick gehörte zu mir.

Epilog

Die Rückkehr

Fünfundzwanzig Jahre später stehe ich am Fenster der Wohnung, die ich nun mein Zuhause nenne, mit einer Kaffeetasse in der Hand. Wieder zu Hause. Mein richtiges Zuhause. Und doch war selbst hier meine Geschichte noch nicht zu Ende.

Ich erinnere mich an die geerdete Gewissheit des Anfangs, die Nick und mir gehörte. Nach Kuwait zog ich erneut um, diesmal in ein Land, das nah genug war, damit Nick mich häufig besuchen konnte, während er zu Hause sein Medizinstudium beendete. Wir waren damals bereits verheiratet, doch unser erstes Jahr verbrachten wir getrennt, jeder von uns räumte die offenen Enden eines Lebens auf, das vor unserem Kennenlernen begonnen hatte. Es würde noch einige Zeit dauern, bis wir wirklich sesshaft waren, bis die Distanz allmählich schwand und einem soliden Fundament wich. Aber schon damals, selbst getrennt, wusste ich, was wir aufbauten.

Als die Zeit reif war, fanden wir unseren Rhythmus. Wir packten unsere Habseligkeiten zusammen. Wir tauschten die trockene Wüstenlandschaft gegen die grüne, bergige Schönheit unseres Heimatlandes. Ich zog mich aus dem diplomatischen Leben zurück und begann, eine andere Art von Zukunft aufzubauen—eine, die in der Gegenwart verwurzelt ist und vom Lernen geprägt wurde.

Nick begann in einem nahegelegenen Militärkrankenhaus zu arbeiten, nur eine kurze Fahrt vom Vorort entfernt, in dem wir beschlossen hatten, unser Leben aufzubauen. Ich entdeckte neue Wege, meine Stimme einzusetzen, neue Routinen, die meine Tage bestimmten. Zuerst als Ehefrau. Dann als Mutter.

Das Tempo von allem veränderte sich. Keine Empfänge in der Botschaft mehr, keine dringenden Depeschen. Nur entspannte Morgen bei einer Tasse Kaffee, Spaziergänge durch den Park und das langsame, bewusste Entstehen von etwas, das Bestand hatte.

Mein Haar ist noch immer blond, noch immer lang, nun allerdings von silbernen Strähnen durchzogen, die das Licht anders einfangen—gedämpfter, zurückhaltender. Aber es ist noch immer meins. Auch mein Körper hat sich verändert. Die Geburt eines Kindes tut das. Die Zeit ebenso. Und die Heilung.

Hinter mir beginnt irgendwo Musik zu spielen. Nicht *Sommermorgen*—das gehörte uns. Der leise Soundtrack von langen Fahrten, stillen Morgen und Sonnenlicht, das uns nur geliehen war.

Dieses Lied hier gehört mir. *Because You Loved Me.*

Er wusste es nie. Ich habe es ihm nie gesagt. Es war damals kein Teil unserer Geschichte, aber es wurde das Lied, das blieb. Nicht das Lied dessen, was wir taten, sondern dessen, was es bedeutete.

Weil er mich geliebt hat, lernte ich, meinen Gefühlen zu trauen.

Ich hatte meinen Glauben verloren—an mich selbst, an Männer, an das Gefühl, gewählt zu werden—und er gab ihn mir zurück, ohne es je auszusprechen.

Er stand an meiner Seite, gerade lang genug, damit ich wieder aufrecht stehen konnte.

Ich hatte seine Liebe. Für einen Moment hatte ich alles.

Ich schalte die Musik nicht aus. Ich weine nicht. Ich bleibe stehen und lasse sie durch mich hindurchfließen, wie sie es immer tut. Nicht um mich zu brechen. Nicht mehr.

Ich wählte das Schweigen. Ein Vierteljahrhundert lang. Keine Briefe, keine Anrufe, keine absichtlichen Begegnungen. Ich meldete mich nie, stellte keine Fragen, die geblieben waren. Er lebte sein Leben, und ich meines. Doch Zeit hat eine eigene Art, Knoten zu lösen—und das Vergangene sanfter werden zu lassen.

Dass wir im selben Stadtviertel lebten, war reiner Zufall, und doch hielt ich Abstand. Hin und wieder fügte es sich, dass wir uns am selben Ort wiederfanden, aber ich ließ es nie mehr werden als ein flüchtiges Anerkennen oder ein höfliches Hallo. Das Schweigen gehörte mir—jede Unterbrechung davon entsprang dem Zufall. Oder ihm. Ich entschied mich für Schweigen—jede Unterbrechung davon entsprang dem Zufall. Oder ihm.

Die Liedzeilen steigen in mir auf, noch bevor der Refrain einsetzt. Und plötzlich bin ich nicht mehr in meiner Wohnung. Ich bin siebenundzwanzig. Die Wüstenhitze klebt an meiner Haut. Und er ist noch da.

Ich erinnere mich nicht nur an die Morgen, die Ausflüge oder die Küsse im Auto, sondern daran, wie er mich geliebt hat. Es war eine ruhige Liebe, aus freien Stücken gegeben, als hätte er darauf vertraut, dass ich sie weitertrage. Vielleicht ist es das Lied, das all das auslöst. Vielleicht ist es auch einfach die Zeit, die die harten Kanten glättet. Oder beides.

Was auch immer es ist—etwas in mir wird weich. Fünfundzwanzig Jahre später, und zum ersten Mal seit dem Tag, an dem ich seine Stimme zum letzten Mal gehört habe, entscheide ich mich, ihm eine E-Mail zu schreiben. Zum ersten Mal bin ich diejenige, die die Tür öffnet.

Er antwortet innerhalb weniger Stunden, ohne Zögern—nur Wärme und Wiedererkennen, als wären die Jahre dazwischen nie vergangen. Wir tauschen Telefonnummern aus. Wir sprechen nicht oft, aber wenn wir es tun, ist es, als wäre die Zeit eingefroren. Unsere Stimmen klingen noch immer wie damals, und die Pausen zwischen den Worten fühlen sich vertraut an. Und unter allem liegt etwas fast Unausgesprochenes. Keine Sehnsucht—aber eine Erinnerung, ein Bewusstsein dessen, was einmal war. Ein Flackern, keine Flamme. Nichts hat sich wirklich verändert, und doch ist alles anders.

Als wir uns schließlich auf ein persönliches Treffen einigen, lade ich ihn zum Mittagessen in meine Wohnung ein. Ich sehe ihn—wirklich ihn—zum ersten Mal seit Jahrzehnten. Wir tauschen den üblichen Doppelwangenkuss aus, das höfliche Ritual von Wiedersehen und Abschieden. Doch für einen Atemzug verschiebt sich etwas. So haben wir uns früher nicht begrüßt. Ich schüttle den Gedanken ab, bevor er es merkt. Vielleicht hat er es trotzdem bemerkt. Vielleicht auch nicht.

Wir setzen uns an den Küchentisch. Ich habe gekocht, wie früher—ein schlichtes Gericht, mit meiner gewohnten Sorgfalt angerichtet, nicht um zu beeindrucken, sondern aus Aufrichtigkeit. Der Raum ist mir so vertraut, dass er beinahe unsichtbar wird—die Wohnung, die ich mit Nick und meinem Kind teile. Doch mit Marc hier rückt etwas von früher näher —als hätte sich die Vergangenheit still zu uns an den Tisch gesetzt.

Die Zeit macht sich auf die leiseste Weise bemerkbar: in unseren Gesichtern, in unseren Haltungen, in der Luft zwischen uns. Natürlich sind wir älter. Feine Linien umspielen seine Augen, doch sie sind noch immer in demselben Blau, das mich damals beim ersten Gespräch überrumpelte— selbstbewusst und entwaffnend, ein leiser Faden zwischen damals und heute. Mehr Silber durchzieht sein Haar. Er ist schlanker geworden, seine Bewegungen bedächtiger—weniger das lässige Schwingen der Jugend, mehr die Gelassenheit eines Mannes, der seinen Platz gefunden hat. Er wirkt ruhiger, vielleicht entspannter als früher oder einfach versöhnter in sich.

Dann fällt mir auf, dass er nicht mehr raucht. Ich auch nicht.

Kein Aschenbecher zwischen uns, kein Klicken eines Feuerzeugs, keine flüchtige Rauchspur, die die Pausen markiert. Irgendwann haben wir es beide gelassen—ohne großen Entschluss, nur Zeit, die Gewohnheiten auslöscht, die einst so selbstverständlich waren. Ich vermisse die Zigaretten nicht. Ich vermisse das, was sie gaben: die Pause und wie der Rauch den Raum füllte, wenn Worte zu gefährlich waren. Damals war Rauchen Ritual und Auflehnung zugleich, ein Begleiter an Abenden, an denen er nicht da war—ein Rhythmus des Wartens. Jetzt gibt es kein Warten mehr.

Er lächelt, ein vertrautes Aufleuchten in seinem Gesicht, ein Hauch von Verspieltheit, der mich überrascht. Unser Gespräch beginnt leicht—Arbeit, Reisen, die Kinder. Doch es sind die Pausen, die alles sagen—natürlich, mühelos, nie belastend. Dieses ruhige Schweigen lässt mich tief atmen. Nicht mit einer Zigarette in der Hand, aber dennoch: Es ist ein Loslassen. Keine Sehnsucht. Keine Reue. Nur der schlichte Trost, ihn wiederzusehen und zu wissen, dass ich mit allem, was wir waren, und allem, was wir tragen mussten, im Reinen bin. Jetzt fühle ich mich vollständig. Nicht wartend. Nicht zerbrechend. Einfach... da.

Als das Mittagessen endet, gibt es keinen dramatischen Abschied, nur einen Moment, der ein wenig länger hält, die sanfte Melodie eines „Bis bald". Dann schließt sich die Tür, und ich stehe wieder in meiner Küche, der Stuhl, auf dem er saß, noch warm.

Und jetzt gehen wir hin und wieder gemeinsam lange spazieren—zwei Menschen, die einst einander gehörten und nun leise über Leben sprechen, die sich getrennt entfaltet haben. Manchmal streifen sich unsere Schultern, und für einen Herzschlag erinnere ich mich an alles. Und ich denke—vielleicht tut er es auch. Ich habe nie gefragt. Ich muss es nicht. Aber wenn ich raten müsste, würde ich sagen, dass ich sein Herz nie ganz verlassen habe, so wie er meines nicht. Nicht als Sehnsucht. Nur als Wahrheit.

Er erzählt mir von seiner bitteren Scheidung, davon, wie seine Frau ihn verlassen hat, wie die Familie zerbrach. Ich trauere mit ihm, als er mir von dem Zusammenbruch, der Einsamkeit, dem Schmerz erzählt. Zwischen uns liegt ein Wiedererkennen—dieselbe leise Nähe, die früher Trost war und zugleich Schweigen bedeutete.

Immer noch ein Geheimnis

Letzte Woche war er wieder zum Mittagessen bei mir. Ich kochte—nichts Besonderes, nur etwas Warmes, Vertrautes. Etwas, von dem ich wusste, dass er es mögen würde.

Er saß an meinem Küchentisch, als wäre keine Zeit vergangen. Als säßen wir noch immer in jener Wohnung in Kuwait—zwei Menschen, die so taten, als würde die Welt nicht gleich alles verändern.

Und dann aß er.

Er redete kaum, schaufelte nur hinein wie früher—schnell, konzentriert, als könnte das Essen verschwinden, wenn er nicht rasch genug wäre.

Ich sah ihm zu und musste lachen.

Denn Nick isst genauso. Als wartete irgendwo ein Krieg und dies wäre seine letzte gute Mahlzeit.

Solche Art Hunger—die verlässt einen Mann nicht. Ob in Uniform oder ohne.

Es war seltsam tröstlich, ihm beim Essen zuzusehen. Als wäre ein Teil von ihm noch immer derselbe. Und vielleicht ein Teil von mir auch.

Dann klingelte sein Telefon.

Sie war es. Seine Freundin. Oder Partnerin. Was auch immer sie jetzt ist.

Er sagte meinen Namen nicht.

Er sagte nicht, wo er war.

Er senkte nur die Stimme und hielt mich unsichtbar.

Ich bemerkte es. Und ja—es schmerzte.

Nicht wie früher. Keine Tränen. Keine Dramatik. Nur dieses kleine Ziehen unter den Rippen. Weil ich, selbst jetzt, all die Jahre später, noch immer ein Geheimnis bin.

Der Unterschied ist: Ich sage es Nick—immer, wenn Marc und ich uns treffen. Jedes Mal. Immer.

Nicht, weil ich irgendetwas auf mich geladen hätte—habe ich nicht.

Sondern weil ich nicht mehr im Dunkeln lebe.

Ich verstecke keine Menschen, die mir wichtig sind.

Ich lösche die Vergangenheit nicht aus, nur damit die Gegenwart bequemer wird.

Es gab eine Zeit, da glaubte ich, Geheimhaltung mache etwas heilig. Dass das Verborgene irgendwie wirklicher sei. Das glaube ich nicht mehr. Ich war einmal die Frau, die sich selbst verschwinden ließ. Das bin ich nicht mehr.

Er verbirgt mich noch immer.

Ich verberge ihn nicht mehr.

Das ist der Unterschied.

Und vielleicht—vielleicht reicht das.

Er ist nicht mehr der Mann, den ich einmal liebte—nicht in der Weise, wie ich ihn damals liebte. Er ist jetzt etwas anderes. Kein Partner. Keine Möglichkeit. Nur der Abdruck einer Vergangenheit, so lebendig, dass sie sich noch immer regt, wenn ich es am wenigsten erwarte: ein Lied in einem Geschäft, ein Duft in einer Menge, ein Schweigen, das sich nicht wegschieben lässt.

Wir sprechen ab und zu. Ein paar Worte, die anerkennen, was wir waren, ohne alte Türen wieder zu öffnen. Aber ich suche ihn nicht mehr in den einsamen Momenten. Die Vergangenheit fühlt sich weicher an jetzt. Wenn er mir in den Sinn kommt—und das tut er—lasse ich den Gedanken zu. Ich lasse die Regung aufsteigen. Ich dränge sie nicht fort. Aber ich greife nicht nach mehr. Ich trage, was war. Nicht als Sehnsucht. Nicht als Bedauern. Sondern als etwas Wahres, das ich einmal gehalten habe. Und dann, sanft, lasse ich es los.

Die Abrechnung

Es gibt eine Erinnerung, die ich zu vermeiden versuche, doch sie findet immer wieder ihren Weg zurück.

Der Brief

Er kam kurz vor Weihnachten an.

Eine kurze Nachricht. Ein Absatz. Ohne Vorgeplänkel.

Er schrieb mir, dass er Vater werden würde.

Damals hatten wir seit einigen Monaten nicht gesprochen. Ich hatte den Schnitt gemacht—sauber, überlegt, notwendig.

Nicht aus Zorn, sondern um weiterzugehen.

Die Stille war meine Abgrenzung.

Aber trotzdem—er überschritt sie, ungefragt.

Ich dachte nicht, dass er es böse meinte.

Aber trotzdem—er berührte etwas, das ich abgeschlossen hatte.

Und für einen Moment zog es mich hinab.

Nicht, weil ich ihn zurückhaben wollte.

Sondern weil das Timing mehr sagte als jedes Wort. Weil ich nachgerechnet hatte.

Und ich erkannte, dass das Kind gezeugt worden war, während er noch mein war—oder zumindest, während ich noch glaubte, es zu sein.

Was ich dann tat, war ruhig und klar.

Ich faltete seinen Brief langsam, schob ihn zurück in den Umschlag und schickte ihn an die Absenderadresse zurück—gelesen, aber sonst unberührt.

Dann schrieb ich auf ein separates Blatt einen einzigen Satz. Nur einen.

Kontaktiere mich nie wieder.

An diesem Abend saß ich auf dem blauen Sofa—genau an jenem Platz, an dem wir Musik gehört, Träume geteilt und Backgammon gespielt hatten, als würde es etwas bedeuten.

Der Brief war abgeschickt, doch der Schmerz blieb.

Und zum ersten Mal leistete ich keinen Widerstand.

Ich ließ die Stille sich setzen.

Ich ließ die Wahrheit atmen.

Er war fort.

Nicht nur abwesend.

Nicht nur entfernt.

Sondern wirklich fort.

Was wir geteilt hatten—schön, vorübergehend, nie dafür bestimmt, zu halten—hatte sein Ende erreicht.

Und diesmal hörte ich auf, mir etwas anderes vorzumachen.

Eine Zeit lang blieb er aus meinem Leben verschwunden. Doch Stille hält nicht ewig.

Jahre später, irgendwann nachdem ich mein eigenes Kind zur Welt gebracht hatte, stand er plötzlich wieder vor meiner Wohnungstür. Ohne Ankündigung. Mit demselben ruhigen Ausdruck, ohne etwas in den Händen, ohne etwas anzubieten —nur Worte.

Herzlichen Glückwunsch.

Nichts weiter.

Aber genug.

Ich weiß noch, dass es mich überraschte, wie gelassen Nick damit umging. Keine Fragen. Keine Spannung. Nur ein stilles, fast amüsiertes Verständnis, als würden gelegentlich Geister vorbeikommen, Höflichkeiten austauschen, und man sie einfach zur Kenntnis nimmt, sprechen lässt und dann die Tür schließt.

Und genau das war es.

Ein Geist, der kurz in mein altes Leben trat.

Und dann wieder verblasste.

Im Laufe der folgenden Jahre tauchte er immer wieder auf —wie ein Faden, der unsichtbar unter der Oberfläche meines Lebens verlief. Manchmal sah ich ihn an der Bushaltestelle. Beim ersten Aufeinandertreffen bildeten unsere Kinder eine Art Barriere zwischen uns.

Er nickte, und ich nickte zurück.

Hi, grüßte ich. Wie geht's?, antwortete er höflich.

Wir ließen es nie über ein kurzes Grüßen hinausgehen, und ich brachte es nicht über mich, das zu ändern. Nach jedem Zusammentreffen fühlte ich mich merkwürdig unruhig.

Ich wusste nicht, wie ich mich verhalten sollte—ignorieren? Smalltalk? So tun, als wären wir zwei vage bekannte Eltern und nicht mehr?

Die Grenzen waren verschwommen, und die Stille zwischen uns schien voller unausgesprochener Worte.

Kurz gesagt: Es war unangenehm.

Dann gab es diese Skireise—die, bei der er und Nick aufeinandertrafen. Beide hielten Skier in der Hand, jeder begleitet von einem Kind. Ich war nicht dabei, aber Nick erzählte es mir später. *Wir haben uns gegrüßt. Das war alles.*

Kein Drama, nur ein Moment des Anerkennens. Sie waren nie Freunde gewesen, aber sie verstanden ihre Verbindung zueinander.

Jahre später sah ich Marc wieder—im Militärkrankenhaus, in dem Nick arbeitete. Er war auf der anderen Seite einer Glastür. Nur ein flüchtiger Blick. Ein Schatten. Seine Präsenz.

Mein Atem stockte, bevor ich überhaupt begriff, warum— mein Herz flatterte in dieser alten, vertrauten Weise.

Für einen Augenblick versuchte die Erinnerung, mich zurückzuziehen—Hitze auf der Haut, dieses unmögliche Blau seiner Augen, das Echo einer Liebe, die mich einst verzehrt hatte. Doch bevor sie wieder ansetzen konnte, drehte ich mich zu Nick um, der neben mir stand, völlig vertieft in ein Gespräch mit einer Gruppe von Ärzten.

Ruhig. Selbstsicher. Ganz er selbst. Und in diesem Moment griff ich nach seiner Hand. Ich musste sie spüren—nicht als Idee oder Versprechen, sondern als etwas Reales und Greifbares: die Wärme seiner Hand in meiner, die Wärme seiner Nähe, die mir Halt gab, die Beständigkeit, die ich früher nicht für möglich gehalten hätte.

Es gab kein Zögern.

Keinen Schmerz.

Kein Ziehen zurück in die Vergangenheit.

Nur dies: die Festigkeit unseres Lebens. Die Essenz von Sicherheit. Das Gefühl von Zuhause.

Trotzdem erstaunte es mich, wie leicht Erinnerungen wieder auftauchen konnten. Wie ein einziger Blick, ein kurzer Moment, eine Spur von ihm etwas zurückholen konnte, von dem ich dachte, es wäre endgültig verstaut.

Marc besaß mich nicht.

Nicht meine Zeit.

Nicht meine Loyalität.

Nicht meine Wünsche.

Und doch—wenn ich ganz ehrlich bin—existiert er noch irgendwo in mir. Nicht als Feuer. Nicht einmal als Geist. Nur als Schatten, mit dem ich leben gelernt habe.

Wie eine alte Zigarettengewohnheit—lange abgelegt, aber immer noch vermisst.

Ich sehne mich nicht nach dem Rauch.

Ich sehne mich nach der Erinnerung an den Rauch.

Nach der Leichtigkeit, die er mir gab, bevor ich begriff, welchen Schaden er anrichtete.

Es gibt Tage, an denen ich ihn noch sehen möchte. Nicht, um etwas wiederzubeleben. Nicht, um berührt zu werden oder zu hören, dass ich fehle. Nur… um dieses Aufflackern noch einmal zu spüren. Jenes kurze Aufflackern des Gesehen-werdens, das ich damals so dringend gebraucht hatte.

Es ist keine Liebe mehr. Es ist etwas anderes—nicht in Worte zu fassen, aber vertraut. Wie der Hauch von Rauch, den man im Wind einfängt und sich kurz danach umdreht, bevor man sich erinnert, dass man aufgehört hat.

Was ich mit mir trage

In meinem Leben habe ich zweimal geliebt.

Die erste Liebe war eine geheime Flamme—hell und alles verzehrend, verborgen hinter geschlossenen Türen und in gestohlenen Stunden.

Die zweite war eine offene Umarmung—langsamer, beständiger, getragen von Ehrlichkeit, nicht von Dringlichkeit, sondern von Vertrauen.

Die eine Liebe erschütterte mich bis in die Tiefe und brach etwas auf, das lange verborgen gewesen war.

Die andere hielt mich mit stiller Beständigkeit und begegnete mir dort, wo ich gebrochen war—ohne je zu verlangen, dass ich mich wieder verstecke.

Marc war das Lauffeuer—plötzlich, entwaffnend, unvergesslich.

Er trat in mein Leben wie ein heißer Windstoß—plötzlich, ungebremst, ohne Vorwarnung.

Er dachte nie über die Folgen nach.

Er bewegte sich einfach—schonungslos in seiner Gewissheit, unaufhaltsam.

Er sah mich, und in diesem Sehen entfachte er etwas in mir, von dem ich nicht einmal wusste, dass es in mir verborgen lag.

Ihn zu lieben war, als würde ich eine neue Sprache lernen —eine, von der ich nicht wusste, dass ich sie fließend beherrschte, bis ich sie mit ihm sprach. Diese Liebe war nicht haltbar—und sie war auch nie dazu bestimmt. Es war eine Liebe, die alles verlangte und nichts zurückgab. Und doch ergab ich mich ihr, weil die schiere Intensität die Welt um uns verschwinden ließ.

Nick trat auf andere Weise in mein Leben—leise und ohne Aufhebens. Kein dramatisches Aufflammen, kein überwältigender Ansturm wie bei Marc. Mit ihm war es unmittelbar—ein Funken, ein Feuer, das alles ergriff.

Mit Nick war es anders. Unsere Liebe entfaltete sich schnell, aber ohne Explosion. Stattdessen war da ein Verstehen, ein unausgesprochenes Einverständnis, dass wir füreinander bestimmt waren. Er verlangte nicht, dass ich die Vergangenheit vergesse oder der Wahrheit ausweiche.

Er blieb. Mit ihm öffnete ich mich ganz.

Ich war keine Frau, die gerettet werden musste—ich war eine Frau, die erkannt werden wollte. Und ich wurde geliebt.

Ich trage beide Lieben noch immer—nicht als Wunden, nicht als Vergleiche, sondern als Teile meiner Wahrheit.

Die eine zeigte mir die Tiefe dessen, was ich fühlen konnte.

Die andere zeigte mir die Stärke dessen, was ich werden konnte.

Sie waren nie dieselbe Liebe, und sie sollten es auch nicht sein.

Nicht jede Liebe ist dazu bestimmt, für immer zu bleiben. Manche hinterlassen ein Echo. Andere bleiben.

Marc blieb nicht.

Aber er gab mir etwas, das ich vorher nie gekannt hatte: das Gefühl, wirklich gewollt, gewählt und gesehen zu sein.

Er sagte es nie, aber indem er mich so liebte, wie er es tat, bereitete er mich auf die Liebe vor, die ich eines Tages wirklich leben würde. Er zeigte mir, was Liebe sein konnte, lange bevor ich bereit war, sie wirklich zu leben.

Weil er mich liebte, lernte ich, Liebe anzunehmen.

Sie zurückzugeben.

Sie zu erkennen, als sie endlich kam, um zu bleiben.

Wir sagten nie: *„Du und ich, für immer."*

Doch in diesen Momenten war es leicht zu glauben, dass wir es längst waren.

Unser Fürimmer dauerte nur einen einzigen Sommer.

Den Sommer 1998.

Und während ich dieses Kapitel schließe, trage ich das, was beide in mir zurückgelassen haben, in mir—das Feuer, die Stille, den Schmerz, die Heilung.

Ich trage die Frau, zu der ich in ihrer Gegenwart wurde.

Ich trage die Liebe, die mich öffnete, und die Liebe, die blieb, als das Öffnen vollendet war.

Denn beide waren wahr.

Ich hatte es nicht geplant.

Ich hatte es nicht erwartet.

Aber ich wurde tief geliebt—einmal von dem Mann, der das Streichholz entzündete, und noch einmal von dem, der die Flamme trug.

Danksagung

Danksagung

Jede Geschichte wird nicht nur vom Autor getragen, sondern von denen, die still dahinterstehen.

An Marc—danke für die Erinnerungen, die diese Geschichte möglich gemacht haben. Ohne sie gäbe es keine *erste und letzte Liebe*, von der ich erzählen könnte.

An Julia, meine Lektorin—deine Einsicht, Strenge und Sorgfalt waren von unschätzbarem Wert. Du hast diese Seiten mit sicherer Hand geformt und sie stärker gemacht, als ich es je allein vermocht hätte.

Für KS—dafür, dass du von der ersten Seite an bei mir warst; für die Tränen, die wir über den Schmerz vergossen haben, und für das Lachen, das die leichteren Momente gefüllt hat.

Für HRC—dafür, dass du mir wieder einmal den Hintern gerettet hast.

An meine Testleser—für eure Ehrlichkeit, eure Ermutigung und euer Vertrauen. Ihr habt mir geholfen, sowohl die Unvollkommenheiten als auch die Schönheit dieses Werks zu sehen.

Meiner Familie—und besonders Nick, meiner letzten Liebe—danke für eure Geduld und eure Unterstützung, gerade in den Momenten, in denen es schwer wurde. Ihr habt mich daran erinnert, dass Schreiben niemals ganz allein geschieht.

Und an jeden, der dieses Buch in die Hand nimmt—danke, dass du dich auf diese Reise eingelassen hast. Möge sie bei dir bleiben—nicht als Geheimnis, sondern als Erinnerung daran, was Liebe in all ihren Formen hinterlässt.

Ein letztes Wort der Autorin

Die erste und letzte Liebe ist nicht das Ende meines Schreibens—nur der Anfang. Weitere Geschichten warten darauf, erzählt zu werden. Einige haben bereits ihren Weg auf eine Buchseite gefunden, andere leben noch in mir

Wenn du diese Reise gern weitergehen möchtest—um zu erfahren, wann neue Geschichten entstehen und ein wenig hinter die Kulissen meines Schreibens zu schauen—findest du mich auf Instagram: @frieda.shan.author.

Und wenn dich diese Geschichte auch nur ein wenig berührt hat, wäre ich dir zutiefst dankbar, wenn du eine Rezension auf Amazon hinterlässt. Deine Worte helfen anderen Menschen, dieses Buch zu entdecken, und ermöglichen es mir, weiterzuschreiben.

Danke, dass du mich durch dieses Kapitel begleitet hast. Ich hoffe, du bleibst auch für die, die noch folgen.

Frieda